Un pedigrí

Patrick Modiano

Un pedigrí

Traducción de María Teresa Gallego Urrutia

EDITORIAL ANAGRAMA

BARCELONA

Título de la edición original:
Un pedigree
© Éditions Gallimard
París, 2005

Ilustración: foto © René Maltête

Primera edición: noviembre 2007
Segunda edición: octubre 2014

Diseño de la colección: Julio Vivas y Estudio A

© De la traducción, María Teresa Gallego Urrutia, 2007

© EDITORIAL ANAGRAMA, S. A., 2007
Pedró de la Creu, 58
08034 Barcelona

ISBN: 978-84-339-7465-5
Depósito Legal: B. 38898-2007

Printed in Spain

Liberdúplex, S. L. U., ctra. BV 2249, km 7,4 - Polígono Torrentfondo
08791 Sant Llorenç d'Hortons

Nací el 30 de julio de 1945, en Boulogne-Billancourt, y en el 11 del paseo Marguerite, de un judío y una flamenca que se conocieron en París durante la Ocupación. Escribo judío sin saber qué sentido tenía en realidad esa apelación para mi padre y porque, por entonces, constaba en los carnets de identidad. Las temporadas de grandes turbulencias traen consigo frecuentemente encuentros aventurados, de tal forma que nunca me he sentido hijo legítimo y, menos aún, heredero de nada.

Mi madre nació en 1918 en Amberes. Pasó la infancia en un barrio periférico de esa ciudad, entre Kiel y Hoboken. Su padre era obrero y luego fue agrimensor auxiliar. Su abuelo paterno, Louis Bogaerts, fue estibador. Posó para la estatua al estibador que esculpió Constantin Meunier y puede verse delante del ayuntamiento de Amberes. He conservado su *loonboek* del año 1913, en donde iba apuntando todos los barcos que descargaba: el *Michigan,* el *Élisabethville,* el *Santa Anna...* Murió trabajando, a los sesenta y cinco años más o menos; tuvo una caída.

En la adolescencia, mi madre es miembro de los Faucons Rouges. Trabaja en la Compañía del Gas. Por la noche, va a clases de arte dramático. En 1938, la contrata el director y productor de cine Jan Vanderheyden para trabajar en sus «comedias» flamencas. Cuatro películas entre 1938 y 1941. Fue chica de coro en espectáculos de music-hall en Amberes y en Bruselas, y entre las bailarinas y los artistas había muchos refugiados que venían de Alemania. En Amberes, comparte una casita en Horenstraat con dos amigos: un bailarín, Joppie Van Allen, y Leon Lemmens, más o menos secretario y ojeador de un homosexual rico, el barón Jean L., que morirá en un bombardeo en Ostende en mayo de 1940. Su mejor amigo es un decorador joven,

Lon Landau, a quien se volverá a encontrar en Bruselas en 1942 con la estrella amarilla cosida en la ropa.

Intento, a falta de otros puntos de referencia, ir siguiendo el orden cronológico. En 1940, después de la ocupación de Bélgica, vive en Bruselas. Es novia de un tal Georges Niels, quien, con veinte años, dirige un hotel, el Canterbury. Los oficiales de la PropagandaStaffel tenían requisado en parte el restaurante del hotel. Mi madre vive en el Canterbury y conoce allí a personas de todas clases. No sé nada de ninguna de ellas. Trabaja en la radio, en programas en lengua flamenca. La contratan en el teatro de Gante. Participa en junio de 1941 en una gira por los puertos del Atlántico y del Canal de la Mancha para actuar ante los trabajadores flamencos de la organización Todt y, más al norte, en Hazebrouck, ante los aviadores alemanes.

Era una chica bonita de corazón seco. Su novio le había regalado un chow-chow, pero ella no le hacía caso y lo dejaba al cuidado de diversas personas, como hizo conmigo más adelante. El chow-chow se suicidó tirándose por la ventana. Ese perro aparece en dos o tres fotos y debo ad-

9

mitir que me conmueve muchísimo y me siento bastante próximo a él.

Los padres de Georges Niels, unos acaudalados hosteleros de Bruselas, no quieren que se case con su hijo. Decide irse de Bélgica. Los alemanes tienen intención de mandarla a una escuela de cine en Berlín, pero un joven oficial de la PropagandaStaffel a quien ha conocido en el Hotel Canterbury la saca de ese mal paso y la manda a París, a la productora Continental, que dirige Alfred Greven.

Llega a París en junio de 1942. Greven le hace una prueba en los estudios de Billancourt, pero no resulta concluyente. Trabaja en los servicios de «doblaje» de la Continental escribiendo los subtítulos en neerlandés para las películas francesas que produce esa compañía. Es la amiga de Aurel Bischoff, uno de los ayudantes de Greven.

En París, vive en una habitación del 15 del muelle de Conti, en el piso que tienen alquilado un anticuario de Bruselas y su amigo Jean de B., a quien me imagino, adolescente, con madre y hermanas, en un castillo de un lugar recóndito de Poitou y escribiendo en secreto cartas fervientes a Cocteau. Por mediación de Jean de B., mi madre conoce a un joven alemán, Klaus Valentiner, enchufado en un servicio administrativo. Vive en un estudio del muelle de Voltaire y lee, en los ratos de ocio, las últimas novelas de Evelyn Waugh. Será enviado al frente ruso, y allí morirá.

Otras personas que iban de visita por el piso del muelle de Conti: un joven ruso, Georges d'Ismaïloff, que estaba tuberculoso pero siempre salía sin abrigo durante los gélidos inviernos de la Ocupación. Un griego, Christos Bellos. Había perdido el último paquebote que salía para América, adonde iba a reunirse con un amigo. Una muchacha de la misma edad, Geneviève Vaudoyer. De ellos, sólo quedan sus nombres. La primera familia francesa y burguesa que invita a mi madre: la familia de Geneviève Vaudoyer y de su padre, Jean-Louis Vaudoyer. Geneviève Vaudoyer presenta a mi madre a Arletty, que vive en el muelle de Conti, en la casa contigua al número 15. Arletty toma a mi madre bajo su protección.

Que el lector me disculpe por todos estos nombres y los que vendrán a continuación. Soy un perro que hace como que tiene pedigrí. Mi madre y mi padre no pertenecen a ningún ambiente concreto. Tan llevados de acá para allá, tan inciertos que no me queda más remedio que esforzarme por encontrar unas cuantas huellas y unas cuantas balizas en esas arenas movedizas, igual que nos esforzamos por completar con letras medio borradas una ficha de estado civil o un cuestionario administrativo.

Mi padre nació en 1912 en París, en la glorieta de Pétrelle, en la frontera entre los distritos IX y X. Su padre era oriundo de Salónica y pertenecía a una familia judía de Toscana afincada en el imperio otomano. Tenía primos en Londres, Alejandría, Milán, Budapest. A cuatro primos de mi padre, Carlo, Grazia, Giacomo y su mujer Mary, los asesinarán las SS en Italia, en Arona, a orillas del lago Mayor, en septiembre de 1943. Mi abuelo salió de niño de Salónica para irse a Alejandría. Pero al cabo de unos cuantos años se marchó a Venezuela. Creo que había roto con sus orígenes y su familia. Anduvo metido en el comercio de las perlas, en la isla Margarita, y estuvo luego al frente de un bazar de Caracas. Después de la estancia en Venezuela, se afincó en París, en 1903. Regentaba una tienda de antigüedades en el 5 de la calle de Châteaudun, en donde vendía objetos artísticos chinos y japoneses. Tenía pasaporte español y hasta el día de su fallecimiento estuvo registrado en el consulado de España en París, mientras que sus antepasados habían estado bajo la protección de los consulados de Francia, de Inglaterra y, más adelante, de Austria en su condición de «súbditos toscanos». Conservo varios pasaportes suyos, uno de los cuales había sido expedido por el consulado de España en Alejandría. Y un certificado hecho en Caracas en 1894 que atestigua que era miembro de la Sociedad Protectora de Animales. Mi abuela había nacido en Pas-de-Calais. Su padre vivía, en 1916, en un barrio periférico de Nottingham. Pero cuando se casó tomó la nacionalidad española.

Mi padre perdió al suyo a la edad de cuatro años. Infancia en el distrito X, en la Colonia de Hauteville. Estuvo interno en el colegio Chaptal, de donde no salía ni los sábados ni los domingos, por lo que me contaba. Y, desde el dormitorio, oía la música de las verbenas del terraplén del bulevar de Les Batignoles. No aprobó el examen final de bachillerato. En la adolescencia y en la juventud no pudo contar sino consigo mismo. Desde los dieciséis años, frecuenta con sus amigos el Hotel Bohy-Lafayette, los bares del Faubourg Montmartre, el Cadet y el Luna Park. Su nombre es Alberto, pero lo llaman Aldo. A los dieciocho años se dedica a traficar con gasolina y se cuela fraudulentamente por los puestos de consumo de París. A los diecinueve años le pide con tal poder de convicción a un director del banco Saint-Phalle de París que lo apoye en unas operaciones «financieras» que éste se fía de él. Pero el negocio sale mal, mi padre es menor de edad e interviene la justicia. A los veinticuatro años alquila una habitación en el 33 de la avenida de Montaigne y, según unos documentos que he conservado, va con frecuencia a Londres para tomar parte en la creación de una sociedad, Bravisco Ltd. Su madre muere en 1937 en una pensión familiar de la calle de Roquépine, en donde había vivido él una temporada con su hermano Ralph. Había ocupado también una habitación en el Hotel Terminus, cerca de la estación de Saint-Lazare, de donde se fue sin pagar la cuenta. Muy poco antes del comienzo de la guerra, estuvo de gerente en un comercio de medias y perfumes en el 71 de la avenida de Malesherbes. Parece que por entonces vivía en la calle de Frédéric-Bastiat, en el distrito VIII.

Y llega la guerra cuando no tiene ningún asidero y vive ya de apaños. En 1940, le mandaban el correo al Hotel Victor-Emmanuel III, en el 24 de la calle de Ponthieu. En una carta de 1940 a su hermano Ralph, enviada desde Angulema, donde lo habían movilizado en un regimiento de artillería, hace referencia a una araña que habían empeñado en el Monte de Piedad. En otra carta, pide que le envíen a Angulema el *Courrier des pétroles*. Entre 1937 y 1939 se dedicó a «negocios» petrolíferos con un tal Enriquez: Sociedad Royalieu, petróleos rumanos.

La desbandada de junio de 1940 lo sorprende en el cuartel de Angulema. No lo arrastra consigo el tropel de prisioneros porque los alemanes no llegan a Angulema hasta después del armisticio. Se refugia en Les-Sables-d'Olonne, en donde se queda hasta septiembre. Se reúne allí con su amigo Henri Lagroua y dos amigas de ambos, una tal Suzanne y Gysèle Hollerich, que es bailarina en Le Tabarin.

Cuando vuelve a París, no se inscribe en el

censo de judíos. Vive con su hermano Ralph en casa de la amiga de éste, una mauriciana con pasaporte inglés. El piso está en el 5 de la calle de Les Saussaies, al lado de la Gestapo. La mauriciana tiene que presentarse todas las semanas en comisaría porque tiene pasaporte inglés. Estará internada varios meses en Besançon y en Vittel como «inglesa». Mi padre tiene una amiga, Hela H., una judía alemana que había sido en Berlín novia de Billy Wilder. Los pescan una noche de febrero de 1942 en un restaurante de la calle de Marignan, durante un control de identidad; son controles muy frecuentes en ese mes porque acaba de promulgarse una ordenanza que prohíbe a los judíos andar por la calle y estar en lugares públicos después de las ocho de la tarde. Mi padre y su amiga van indocumentados. Los meten en un furgón de policía y unos inspectores los llevan para «hacer una comprobación» a la calle de Greffulhe; comparecen ante un comisario apellidado Schweblin. Mi padre tiene que identificarse. Los policías lo separan de su amiga y consigue escaparse en el preciso instante en que iban a trasladarlo a la prevención, aprovechando el apagón del temporizador de luz. Hela H. saldrá de la prevención al día siguiente, seguramente debido a la intervención de algún amigo de mi padre. ¿Quién? Con frecuencia me lo he preguntado. Después de escapar, mi padre se esconde debajo de la escalera de un edificio de la calle de Les Mathurins e intenta no llamar la atención del portero. Pasa allí la noche porque hay toque de queda. Por la mañana, vuelve al 5 de la calle de Les Saussaies. Se refugia luego con la mauriciana y con su hermano Ralph en el Hotel L'Alcyon de Breteuil, cuya dueña es la madre de uno de sus amigos. Más adelante, vive con Hela H. en un piso amueblado en la glorieta Villaret-de-Joyeuse y en Aux Marronniers, de la calle de Chazelles.

Las personas a quienes he podido identificar, de entre todas las que trataba en aquella época, son Henri Lagroua, Sacha Gordine, Freddie McEvoy, un australiano campeón de bobsleigh y corredor automovilístico con quien compartirá, nada más acabar la guerra, una «oficina» en los Campos Elíseos cuya razón social me ha sido imposible averiguar; un tal Jean Koporindé (calle de La Pompe, 189), Geza Pellmont, Toddie Werner (quien se hacía llamar «señora Sahuque») y su amiga Hessien (Liselotte), Kissa Kuprin, una rusa, hija del escritor Kuprin. Había trabajado en unas cuantas películas e interpretado un papel en una obra de Roger Vitrac, *Les Demoiselles du large*. Flory Franken, conocida por Nardus, a quien mi padre llamaba «Flo», era hija de un pintor holandés y había pasado la infancia y la adolescencia en Túnez. Fue luego a París y andaba mucho por Montparnasse. En 1938, estuvo implicada en un suceso que la llevó ante el tribunal de lo penal y, en 1940, se casó con el actor japonés Sessue Hayakawa. Durante la Ocupación, trabó amistad con Dita Parlo, que había sido la protagonista de *L'Atalante*, y con su amante, el doctor Fuchs, uno de los dirigentes del servicio «Otto», la oficina de compra más importante del mercado negro, sita en el 6 de la calle Adolphe-Yvon (distrito XVI).

Tal era, más o menos, el mundo en que se movía mi padre. ¿Ambientes equívocos? ¿Canallas de guante blanco? Antes de que se pierda en la noche fría del olvido,[1] nombraré a otra rusa, su

---

1. Alusión a la canción de Jacques Prévert y Joseph Kosma *Les feuilles mortes,* que inmortalizaron Boris Vian y el cantante Yves Montand. *(N. de la T.)*

amiga de entonces, Galina Orloff, conocida por «Gay». Emigró, muy joven, a los Estados Unidos. A los veinte años era bailarina de revista en Florida, donde conoció a un hombrecillo moreno, muy sentimental y muy educado, de quien fue amante: un tal Lucky Luciano. De regreso en París, fue modelo y se casó para conseguir la nacionalidad francesa. Vivía, en los primeros tiempos de la Ocupación, con un chileno, Pedro Eyzaguirre, «secretario de legación», y más adelante sola en el Hotel Chateaubriand, en la calle de Le Cirque, adonde mi padre iba a verla con frecuencia. Me regaló, cuando contaba pocos meses, un oso de peluche que he conservado durante mucho tiempo como un talismán y el único recuerdo que me quedaría de una madre desaparecida. Se suicidó el 12 de febrero de 1948, a los treinta y cuatro años. Está enterrada en Sainte-Geneviève-des-Bois.

Según voy estableciendo esta nomenclatura y paso lista en un cuartel vacío, me va dando vueltas la cabeza y cada vez me queda menos resuello. Curiosa gente. Curiosa época entre dos luces. Y entonces es cuando se conocen mis padres, en esa época, entre esas personas que se les parecen. Dos mariposas extraviadas e inconscientes en una ciudad sin mirada. *Die Stadt ohne Blick*. Pero qué le voy a hacer, ése es el terruño –o el estiércol– de donde vengo. Estos retazos de sus vidas que he reunido los sé sobre todo por mi madre. Muchos detalles referidos a mi padre se le escaparon, el turbio mundo de la clandestinidad y del mercado negro donde se movía por la fuerza de las cosas. Ella no supo casi nada y él se llevó sus secretos consigo.

Se conocen una noche de octubre de 1942, en casa de Toddie Werner, a quien llaman «señora Sahuque», en el 28 de la calle de Scheffer, en el distrito XVI. Mi padre lleva un carnet de identidad a nombre de su amigo Henri Lagroua. Cuando yo era pequeño, en la puerta acristalada del portero el nombre de «Henri Lagroua» seguía desde la Ocupación en la lista de inquilinos del 15 del muelle de Conti, junto a «cuarto piso». Le pregunté al portero quién era ese «Henri Lagroua». Me contestó: tu padre. Aquella doble identidad me llamó la atención. Mucho más adelante supe que durante esos años usó otros nombres que, después de la guerra, trajeron el recuerdo de su rostro a ciertas personas durante algún tiempo. Pero los nombres acaban por desprenderse de los pobres mortales que los llevaban y relucen en nuestra imaginación como estrellas lejanas. Mi madre presenta a mi padre a Jean de B. y a sus amigos, quienes le ven «pinta rara de sudamericano» y le aconsejan cariñosamente que «no se fíe». Ella se lo cuenta a mi padre y él, en tono de broma, le dice que la vez siguiente tendrá una pinta «aún más rara» y «les meterá mucho más miedo».

No es sudamericano, sino que no tiene existencia legal; vive del mercado negro. Mi madre iba a buscarlo a uno de esos despachos a los que se llega pasando por muchos ascensores en los soportales del Lido. Siempre se hallaba en compañía de varias personas cuyos nombres ignoro. Esencialmente, está en contacto con una «oficina de compras», en el 53 de la avenida de Hoche, donde operan dos hermanos armenios a quienes conoció antes de la guerra: Alexandre e Ivan S. Entre otras mercancías, les entrega camiones enteros de rodamientos de bolas caducados que proceden de antiguos depósitos de la sociedad SKF y habrán de quedarse amontonados y oxidándose, en desuso, en las dársenas de Saint-

Ouen. En el curso de las investigaciones que hice, di con los nombres de unos cuantos individuos que trabajaban en el 53 de la avenida de Hoche: el barón Wolff, Dante Vannuchi, el doctor Patt, «Alberto», y me pregunté si no se trataba sencillamente de seudónimos que usaba mi padre. En esta oficina de compras de la avenida de Hoche es donde conoce a un tal André Gabison, de quien habla con frecuencia a mi madre y es el dueño del negocio. Tuve en las manos una lista de agentes de los servicios especiales alemanes que databa de 1945 y en la que aparecía una nota referida a este hombre: Gabison (André). Nacionalidad italiana, nacido en 1907. Comerciante. Pasaporte 13755 expedido en París el 18/11/42, en el que figura como hombre de negocios tunecino. Socio desde 1940 de Richir (oficina de compras, en el 53 de la avenida de Hoche). En 1942 estaba en San Sebastián como delegado de Richir. En abril de 1944 trabajaba a las órdenes de un tal Rados del SD[1] y viajaba mucho entre Hendaya y París. En agosto de

1. SD-Inland, servicio de inteligencia interior alemán. *(N. de la T.)*

1944 está indicado que forma parte de la unidad sexta del SD de Madrid, a las órdenes de Martin Maywald. Dirección: calle de Jorge Juan, 17, Madrid (teléfono 50.222).

Las demás relaciones de mi padre en tiempos de la Ocupación, al menos de las que yo estoy enterado: un banquero italiano, Georges Giorgini-Schiff, y su amiga Simone, que se casará más adelante con el dueño del Moulin-Rouge, Pierre Foucret. Giorgini-Schiff tenía las oficinas en el 4 de la calle de Penthièvre. Mi padre le compró un diamante rosa de gran tamaño, la «cruz del Sur», que intentó volver a vender después de la guerra, cuando estuvo ya sin un céntimo. A Giorgini-Schiff lo detendrán los alemanes en septiembre de 1943, tras el armisticio italiano. Durante la Ocupación, les había presentado a mis padres a un tal doctor Carl Gerstner, consejero económico de la embajada de Alemania, cuya amiga, Sybil, era judía y, al parecer, se convertirá en alguien «importante» en Berlín Este después de la guerra. Annet Badel: ex abogado, director del teatro de Le Vieux-Colombier en 1944. Mi padre se dedicó al mercado negro con él y con su yerno, Georges Vikar. Badel le mandó a mi madre un ejemplar de *A puerta cerrada* de Sartre, que iba a montar en mayo de 1944 en Le Vieux-Colombier, y cuyo primer título fue: «Los demás». Esa copia a máquina de «Los demás» andaba aún rodando por el fondo de un armario empotrado de mi cuarto del quinto piso del muelle de Conti cuando yo tenía quince años. Badel pensaba que mi madre seguía teniendo contactos con los alemanes, por la relación con la Continental, y que de esa forma, por mediación de ella, podría conseguir antes el visto bueno de la censura para esa obra.

Otras personas del entorno de mi padre: André Camoin, anticuario, del muelle de Voltaire; Maria Tchernychev, una joven de la nobleza rusa pero «desclasada», con la que participaba en asuntos de envergadura del mercado negro; y en otros más modestos con un tal «señor Fouquet». Ese Fouquet, por su parte, regentaba un comercio en la calle de Rennes y vivía en un hotelito en las afueras de París.

Cierro los ojos y veo venir, con aquel paso torpón y desde lo más hondo del pasado, a Lucien P. Creo que su profesión consistía en hacer las veces de intermediario y presentar mutuamente a las personas. Era muy grueso, y cuando yo era pequeño, cada vez que se sentaba en una silla tenía miedo de que se rajara con su peso. Cuando mi padre y él eran jóvenes, Lucien P. era el enamorado doliente de la actriz Simone Simon, a quien seguía como un caniche de gran tamaño. Y el amigo de Sylviane Quimfe, una aventurera campeona de billar que en tiempos de la Ocupación se convertirá en marquesa de Abrantès, y amante de un miembro de la banda de la calle de Lauriston. Personas en las que es imposible detenerse. Sólo viajeros que dan mala espina y cruzan los vestíbulos de las estaciones sin que yo sepa nunca qué destino llevan, eso suponiendo que lleven alguno. Para acabar con esta lista de fantasmas, habría que mencionar a esos dos hermanos de quienes me preguntaba si eran gemelos: Ivan y Alexandre S. Éste tenía una amiga, Inka, una bailarina finlandesa. Debían de ser unos grandes señores del mercado negro, porque, durante la Ocupación, celebraron sus «primeros mil millones» en un piso del recio edificio del 1 de la avenida Paul-Doumer donde vivía Ivan S. Éste huyó a España cuando llegó la Liberación, y lo mismo hizo André Gabison. ¿Qué fue de Alexandre S.? Me lo pregunto. Pero ¿es realmente necesario preguntárselo? A mí me hacen latir el corazón aquellos cuyos rostros aparecían en el afiche rojo.

Jean de B. y el anticuario de Bruselas dejan el piso del muelle de Conti a principios de 1943 y mis padres se instalan allí. Antes de que me canse definitivamente de todo esto y me quede sin valor y sin resuello, he aquí unos cuantos retazos más de su vida en aquella época remota, pero tal y como la vivieron en la confusión del presente.

A veces iban a refugiarse a Ablis, al castillo de Le Bréau, con Henri Lagroua y su amiga Denise. El castillo de Le Breáu estaba abandonado. Pertenecía a unos norteamericanos que habían tenido que irse de Francia con motivo de la guerra y les habían dejado las llaves. En el campo, mi madre andaba en moto con Lagroua, en su BSA de 500 cm³. Pasa con mi padre los meses de julio y agosto de 1943 en una posada de Varenne-Saint-Hilaire, Le Petit Ritz. Giorgini-Schiff, Simone, Gerstner y su amiga Sybil acuden a reunirse con ellos. Se bañan en el Marne. La posada es frecuentada por unos cuantos malhechores y

26

sus «mujeres»; entre ellos está un tal «Didi» y su compañera, «la señora Didi». Los hombres se marchan en coche por la mañana, a sospechosas tareas, y vuelven muy tarde de París. Una noche, mis padres oyen una pelea en la habitación de encima de la suya. La mujer llama a su compañero «poli asqueroso» y tira por la ventana fajos de billetes de banco mientras le reprocha que haya traído todo ese dinero. ¿Policías falsos? ¿Auxiliares de la Gestapo? Toddie Werner, a quien llaman «señora Sahuqúe», en cuya casa se habían conocido mis padres, escapa de una redada en 1943. Al saltar por una de las ventanas de su piso se hiere. Están buscando a Sacha Gordine, uno de los amigos más antiguos de mi padre, como lo demuestra una carta de la dirección del estatuto de personas del Comisariado General de las Cuestiones Judías al director de una «Unidad de investigación y control»: «6 de abril de 1944. En la nota cuya referencia se cita, le pedía que detuviera urgentemente al judío Gordine, Sacha, por infracción de la ley de 2 de junio de 1941. Tras recibir dicha nota, me comunicó usted que esa persona había abandonado su domicilio sin dejar dirección. Ahora bien, ha sido visto estos días circulando en bicicleta por las calles de París. Así pues, le agradecería mucho que tuviera a bien volver a visitar su domicilio con el fin de poder cumplir con lo que solicitaba en mi nota del 25 de enero pasado.»

Me acuerdo de que sólo una vez habló mi padre de esta época, una noche en que estábamos los dos en los Campos Elíseos. Me enseñó el final de la calle de Marignan, donde lo habían trincado en febrero de 1942. Y me habló de otra detención, en el invierno de 1943, después de que «alguien» lo denunciara. Se lo llevaron a la Prevención, de donde «alguien» consiguió que lo dejaran salir. Aquella noche, noté que le habría gustado contarme unas cuantas cosas pero no le salían las palabras. Me dijo sencillamente que el furgón hacía la ronda de las comisarías antes de ir a la Prevención. En una de esas paradas, subió una chica joven que se sentó enfrente de él y cuyo rastro intenté en vano encontrar mucho más adelante, sin saber si aquello sucedió una noche de 1942 o de 1943.

En la primavera de 1944, mi padre recibe llamadas telefónicas anónimas en el piso del muelle de Conti. Una voz lo interpela con su nombre auténtico. Una tarde, cuando él no está en casa, dos inspectores franceses llaman a la puerta y preguntan por el «señor Modiano». Mi madre les dice que ella no es sino una joven belga que trabaja en la Continental, una compañía alemana. Está realquilada en el piso de un tal Henri Lagroua, donde ocupa una habitación, y no puede informarles de nada. Le dicen que volverán. Mi padre, para zafarse de ellos, deja de ir por el muelle de Conti. Supongo que no se trataba ya de los miembros de la policía de las cuestiones judías de Schweblin, sino de los hombres de la Unidad de investigación y control, como en el caso de Sacha Gordine. O los del comisario Permilleux, de las oficinas centrales de la policía. Más adelante, quise ponerles cara a los nombres de todas esas personas, pero seguían agazapadas en la sombra, con ese olor suyo a cuero podrido.

Mis padres deciden marcharse de París cuanto antes. Christos Bellos, el griego que mi madre había conocido en casa de B., tiene una amiga que vive en una finca cerca de Chinon. Los tres se refugian en su casa. Mi madre se lleva la ropa de deportes de invierno por si siguen la huida aún más lejos. Se quedarán escondidos en esa casa de Touraine hasta la Liberación y regresarán a París en bicicleta, mezclados con el flujo de tropas norteamericanas.

A principios de septiembre de 1944, en París, mi padre no quiere ir inmediatamente al muelle de Conti por temor a que la policía vuelva a pedirle cuentas, pero esta vez por sus actividades ilegales en el mercado negro. Mis padres viven en un hotel en la esquina de la avenida de Breteuil con la avenida de Duquesne, en ese Alcyon de Bretagne donde mi padre se había refugiado ya en 1942. Manda a mi madre de avanzadilla al muelle de Conti para que vea qué giro toman los acontecimientos. La policía la cita y la somete a un prolongado interrogatorio. Es extranjera y quieren que les diga la razón exacta por la que vino a París en 1942, bajo la protección de los alemanes. Les explica que es novia de un judío con el que vive desde hace dos años. Los policías que la interrogan son seguramente colegas de los que habían querido detener a mi padre, con su nombre auténtico, unos meses antes. O los mismos. Ahora deben de estar buscándolo con los nombres prestados, sin conseguir identificarlo.

Sueltan a mi madre. Por la noche, en el hotel, bajo sus ventanas, por el terraplén de la avenida de Breteuil, hay mujeres que pasean con los soldados norteamericanos y una de ellas intenta que uno de los americanos entienda cuántos meses han estado esperándolos. Cuenta con los dedos: «*One, two...*» Pero el americano no se entera y la imita, contando él también con los dedos: «*One, two, three, four...*» Es el cuento de nunca acabar. Al cabo de unas pocas semanas, mi padre se va de L'Alcyon de Breteuil. Ya en el muelle de Conti, se entera de que la Milicia había requisado en junio el Ford que había dejado escondido en un garaje de Neuilly y que fue en ese Ford con la carrocería acribillada de balas, y que ha conservado la policía para las necesidades de la investigación, donde asesinaron a Georges Mandel.

El 2 de agosto de 1945 mi padre va en bicicleta a declarar mi nacimiento en el ayuntamiento de Boulogne-Billancourt. Me imagino la vuelta por las calles desiertas de Auteuil y los muelles silenciosos de aquel verano.

Decide luego vivir en México. Los pasaportes están listos. En el último momento, cambia de opinión. Estuvo en un tris de irse de Europa después de la guerra. Treinta años después, fue a morir a Suiza, un país neutral. Entre esas dos fechas, viajó mucho: Canadá, Guayana, África ecuatorial, Colombia... Era El Dorado lo que buscaba en vano. Y me pregunto si no estaba huyendo de los años de la Ocupación. Nunca me contó lo que sintió en lo hondo de sí mismo en

París durante ese período. ¿Miedo y la curiosa sensación de que lo acosaban porque lo habían colocado en una categoría muy concreta de caza, siendo así que él no sabía quién era exactamente? Pero no hay que hablar en lugar de los demás y siempre me ha resultado violento romper los silencios, incluso cuando duelen.

1946. Mis padres siguen viviendo en el 15 del muelle de Conti, en los pisos cuarto y quinto. A partir de 1947, mi padre alquilará también el tercero. Relativa y fugacísima prosperidad de mi padre, hasta 1947, antes de entrar para siempre en eso que llaman miseria dorada. Trabaja con Giorgini-Schiff, con un tal señor Tessier, ciudadano de Costa Rica, y con un barón Louis de la Rochette. Es íntimo de un tal Z., comprometido en el «asunto de los vinos». Mis abuelos maternos se han venido de Amberes a París para cuidarme. Estoy siempre con ellos y sólo entiendo el flamenco. En 1947, nace mi hermano Rudy, el 5 de octubre. Tras la Liberación, mi madre asistió a las clases de arte dramático de la Escuela de Le Vieux-Colombier... Tuvo en La Michodière, en 1946, un papelito en *Auprès de ma blonde*. En 1949, hace una breve aparición en la película *Rendez-vous de juillet*.

33

Ese verano de 1949, en Cap-d'Antibes y en la costa vasca, es la amiga de un *playboy* de origen ruso, Vladimir Rachevsky, y del marqués de A., un vasco que escribía poemas. De eso me enteraré más adelante. Mi hermano y yo nos quedamos solos casi dos años en Biarritz. Vivimos en un piso pequeño de la Casa Montalvo y la mujer que nos cuida es la portera de la finca. No me acuerdo ya muy bien de qué cara tenía.

En el mes de septiembre de 1950 nos bautizan en Biarritz, en la iglesia Saint-Martin, sin que hagan acto de presencia nuestros padres. Según la partida de bautismo, mi padrino es un misterioso «Jean Minthe», a quien no conozco. Cuando comienza el curso en octubre de 1950, voy al colegio por primera vez, a la Institución Sainte-Marie de Biarritz, en el mismo barrio de la Casa Montalvo.

Una tarde, al salir de clase, no ha venido nadie a buscarme. Quiero volver solo a casa, pero, al cruzar la calle, me atropella una camioneta. El conductor me lleva con las monjas, que me ponen en la cara, para dormirme, un tampón de éter. A partir de entonces, seré especialmente sensible al olor del éter. Demasiado. El éter tendrá esa curiosa propiedad de recordarme un sufrimiento pero borrarlo en el acto. Memoria y olvido.

Regresamos a París en 1951. Un domingo estoy, en la primera función, entre los bastidores del teatro Montparnasse, donde mi madre tiene un papelito en *Le Complexe de Philémon*. Mi madre está en escena. Tengo miedo. Me echo a llorar. Suzanne Flon, que también trabaja en la obra, me da una postal para consolarme.

El piso del muelle de Conti. En el tercer piso oíamos voces y carcajadas, por la noche, en la habitación contigua a nuestro cuarto donde mi madre recibía a sus amigos de Saint-Germain-des-Prés. La veía pocas veces. No recuerdo de ella ni un ademán de ternura auténtica o de protección. Me notaba siempre hasta cierto punto con la guardia alta en su presencia. Sus repentinas iras me perturbaban, y como asistía al catecismo, le rezaba a Dios para que la perdonase. En el cuarto piso tenía mi padre su despacho. Con frecuencia estaba en él con dos o tres personas. Se sentaban en los sillones o en los brazos del sofá Hablaban entre sí. Telefoneaban por turnos. Y se lanzaban el aparato unos a otros como un balón de rugby. De vez en cuando, mi padre contrataba a muchachas, estudiantes de Bellas Artes, para que nos cuidasen. Les pedía que cogiesen el teléfono y dijeran que «había salido». Les dictaba cartas.

A principios de 1952, mi madre nos deja al cuidado de su amiga Suzanne Bouquerau, que vive en una casa en Jouy-en-Josas, en el 38 de la calle del Docteur-Kurzenne. Voy a la escuela Jeanne-d'Arc, al final de la calle, y luego a la escuela municipal. Mi hermano y yo oficiamos de monaguillos en la misa del gallo de 1952, en la iglesia del pueblo. Primeras lecturas: *El último mohicano*, libro del que no entiendo nada pero que sigo leyendo hasta el final. *El libro de la selva*. Los cuentos de Andersen, con ilustraciones de Adrienne Ségur. *Les contes du chat perché*.

Idas y venidas de mujeres raras, en el 38 de la calle del Docteur-Kurzenne, entre ellas Zina Rachevsky, Suzanne Baulé, conocida como Frede, la directora de Carroll's, una sala de fiestas de la calle de Ponthieu, y una tal Rose-Marie Krawell, dueña de un hotel en la calle de Le Vieux-Colombier y que iba al volante de un coche americano. Llevaban chaquetas y zapatos de hombre, y Frede, corbata. Nosotros jugábamos con el sobrino de Frede.

De vez en cuando, mi padre viene a vernos en compañía de sus amigos y de una joven rubia y dulce, Nathalie, una azafata que había conocido en uno de sus viajes a Brazzaville. Los jueves por la tarde oímos la radio porque hay programas para niños. Los demás días oigo a veces las noticias. El locutor informa del juicio de quienes cometieron la MATANZA DE ORADOUR. La sonoridad de esas palabras me deja el corazón tan transido hoy en día como entonces, cuando no entendía muy bien de qué hablaban.

Una noche, durante una de esas visitas, mi padre está sentado frente a mí, en el salón de la calle del Docteur-Kurzenne, junto a la ventana salediza. Me pregunta qué quiero ser en la vida. No sé qué contestarle.

En febrero de 1953, una mañana mi padre viene en coche a la casa vacía a buscarnos a mi hermano y a mí y nos vuelve a llevar a París. Me enteraré más adelante de que a Suzanne Bouquerau la habían detenido por varios robos con fractura. Entre Jouy-en-Josas y París, un misterioso extrarradio que aún no lo era. El castillo en ruinas y, delante, el prado de hierba alta donde echábamos a volar una cometa. El bosque de Les Metz. Y la enorme rueda de la máquina hidráulica de Marly, que giraba con ruido y frescor de cascada.

Entre 1953 y 1956 seguimos en París y voy con mi hermano a la escuela municipal de la calle de Le Pont-de-Lodi. También asistimos al catecismo en Saint-Germain-des-Prés. Nos tratamos bastante con el padre Pachaud, que oficia en Saint-Germain-des-Prés y vive en un piso pequeño de la calle de Bonaparte. He encontrado una carta que me escribió por entonces el padre Pachaud: «Lunes 18 de julio. Supongo que debes de estar haciendo castillos en la playa... cuando sube la marea la única solución es largarse a toda prisa. ¡Pasa como cuando suena el silbato del final del recreo en el patio de la escuela de Le Pont-de-Lodi! ¿Sabes que en París hace muchísimo calor? Menos mal que de vez en cuando hay alguna tormenta que refresca el ambiente. Si todavía hubiera catecismo no darías abasto sirviendo con la jarra blanca vasos de menta a tus compañeros. Que no se te olvide la fiesta del 15 de agosto: dentro de un mes es la Asunción de la

Santísima Virgen. Ese día has de comulgar para que a tu madre del cielo se le alegre el corazón. Estará contenta de su Patrick si te las sabes ingeniar para agradarle. Ya sabes que durante las vacaciones no hay que olvidarse de darle las gracias a Dios por esos días tan agradables que nos proporciona. Adiós, querido Patrick. Un beso de corazón. Padre Pachaud.» Las clases de catecismo se impartían en el último piso de un vetusto edificio, en el 4 de la calle de L'Abbaye –que alberga hoy en día viviendas suntuosas– y en una sala de la plaza de Furstenberg que es ahora una tienda de lujo. Las caras han cambiado. No reconozco ya el barrio de mi infancia, de la misma forma que tampoco lo reconocerían ni Jacques Prévert ni el padre Pachaud.

En la otra orilla del Sena, los misterios del patio del Louvre, de las dos glorietas del Carrousel y de los jardines de las Tullerías, donde pasaba con mi hermano largas tardes. Piedra negra y hojas de castaños al sol. El teatro verde. La montaña de hojas secas contra el muro de basamento de la terraza, en la parte de abajo del museo de Le Jeu de Paume. Teníamos numerados los paseos. El estanque vacío. La estatua de Caín y Abel

39

en una de las dos glorietas desaparecidas del Carrousel. Y la estatua de La Fayette en la otra. El león de bronce de los jardines del Carrousel. La balanza verde contra el muro de la terraza de la orilla del río. Los azulejos y el frescor del «Lavatory», debajo de la terraza de Les Feuillants. Los jardineros. El zumbido del motor de la segadora, una mañana de sol, en una pradera de césped, cerca del estanque. El reloj con las agujas paradas para toda la eternidad, en la puerta sur del palacio. Y la marca de hierro al rojo en el hombro de Milady. Mi hermano y yo hacíamos árboles genealógicos, y el problema que teníamos era encontrar la conexión entre San Luis y Enrique IV. A los ocho años, me impresionó una película: *El mayor espectáculo del mundo*. Sobre todo una secuencia: es de noche y el tren de la gente del circo se detiene porque un coche americano está cruzado en la vía. Reflejos de luna. El circo Médrano. Aún tocaba la orquesta entre número y número. Los payasos Rhum, Alex y Drena. Las verbenas. La de Versalles, con los autos de choque, de color malva, amarillo, verde, azul oscuro, rosa... La feria de Les Invalides, con la ballena Jonás. Los garajes. Su olor a oscuridad y gasolina.

40

La media luz. Los ruidos y las voces se perdían en un eco.

Entre todo cuanto leí por entonces (Jules Verne, Alexandre Dumas, Joseph Peyré, Conan Doyle, Selma Lagerlöf, Karl May, Mark Twain, James Oliver Curwood, Stevenson, *Las mil y una noches*, la condesa de Ségur, Jack London) conservo un particular recuerdo de *Las minas del rey Salomón* y del episodio en que el joven guía desvela su auténtica identidad de hijo de rey. Y dos libros me hicieron soñar por sus títulos: *El prisionero de Zenda* y *Cargamento secreto*.

Nuestros amigos de la escuela de la calle de Le Pont-de-Lodi: Pierre Do-Kiang, un vietnamita cuyos padres regentan un hotel pequeño en la calle de Grégoire-de-Tours. Zdanevitch, mitad negro, mitad georgiano, hijo de un poeta georgiano, Iliazd. Otros amigos: Gérard, que vivía encima de un garaje, en Deauville, en la avenida de La République. Un tal Ronnie, cuya cara no recuerdo, ni tampoco dónde lo conocimos. Íbamos a jugar a su casa, cerca del bosque de Boulogne. Tengo el vago recuerdo de que, nada más cruzar la puerta de entrada, estaba uno en Londres, en una de esas casas de Belgravia o de Kensington. Más adelante, cuando leí el cuento de Graham Green *El ídolo caído*, pensé que ese Ronnie, de quien no sé nada, podría haber sido el protagonista.

Vacaciones en Deauville, en un bungalow pequeño, cerca de la avenida de La République, con Nathalie, la azafata, la amiga de mi padre. Mi madre, las pocas veces que viene, recibe a sus amigos de paso, actores que interpretan una obra en el casino, y a su compañero holandés de los años de juventud, Joppie Van Allen. Forma parte de la compañía del marqués de Cuevas. Gracias a él, voy a ver un ballet que me deja trastornado: *La sonámbula*. Un día acompaño a mi padre al vestíbulo del Hotel Royal, donde tiene una cita con una tal señora Stern, quien, según me dice, es la dueña de una cuadra de caballos de carreras. ¿De qué le serviría esa señora Stern? Todos los jueves vamos mi hermano y yo, a primera hora de la tarde, a comprar *Tarzán* en el quiosco de enfrente de la iglesia. Calor. Estamos solos en la calle. Sombra y sol en la acera. El olor de los aligustres...

El verano de 1956 lo pasamos mi hermano y yo en el bungalow con mi padre y con Nathalie, la azafata, quien nos había llevado a pasar las vacaciones de Pascua de ese mismo año a un hotel de Villars-sur-Ollon. En París, un domingo de 1954, mi hermano y yo nos quedamos en un rincón entre bastidores en Le Vieux-Colombier cuando mi madre sale a escena. Una tal Suzy Prim, que es la protagonista de la obra, nos dice de mala manera que allí no pintamos nada. Como les sucede a muchas cómicas viejas, no le gustan los niños. Le mando una carta: «Mi querida señora: Le deseo unas Navidades muy malas.» Lo que me llamó la atención en ella fue la mirada, dura e inquieta a la vez.

Los domingos íbamos con mi padre en el autobús 63 al bosque de Boulogne. El lago y el pontón donde se embarcaba para el minigolf y el Chalet des Îles... Un día, a última hora de la tarde, en el bosque de Boulogne estamos esperando el autobús de vuelta y mi padre nos lleva a una callecita, Adolphe-Yvon. Se para delante de un palacete y nos dice: Me pregunto quién vive aquí ahora... como si hubiera frecuentado mucho ese lugar. Esa misma noche, en su despacho, veo que está mirando la guía de calles. Y me intriga. Alrededor de diez años después, me enteré de que en el 6 de la calle de Adolphe-Yvon, en un palacete que ya no existe (volví a esa calle en 1967 para comprobar a qué altura nos habíamos detenido con mi padre, y correspondía al número 6), estuvieron durante la Ocupación las oficinas de «Otto», el local más importante del mercado negro de París. Y, de repente, un olor a podrido se mezcla con el de los tiovivos y las hojas muertas del bosque de Boulogne. Me acuerdo también de que a veces, en tardes de ésas, mi hermano, mi padre y yo nos subíamos al azar a un autobús e íbamos hasta el final. Saint-Mandé. Puerta de Gentilly...

En octubre de 1956 entro como interno en el colegio de Le Montcel, en Jouy-en-Josas. Estaba visto que iba a ir a todos los centros escolares de Jouy-en-Josas. Las primeras noches en el dormitorio son duras y tengo muchas veces ganas de llorar. Pero no tardo en entregarme a un ejercicio que me da ánimos: concentro la atención en un punto fijo, algo así como un talismán. En este caso, fue un caballito negro de plástico.

En febrero de 1957 perdí a mi hermano. Un domingo, mi padre y mi tío Ralph vinieron a buscarme al internado. En la carretera de París, mi tío Ralph, que iba al volante, se detuvo y bajó del coche, dejándome solo con mi padre. Mi padre me comunicó, en el coche, la muerte de mi hermano. El domingo anterior había pasado la tarde con él, en nuestro cuarto del muelle de Conti. Habíamos estado ordenando juntos una colección de sellos. Yo tenía que volver al colegio a las cinco y le conté que una compañía iba a interpretar una obra para los alumnos en el teatrito del internado. Nunca olvidaré su mirada en el domingo aquel.

Dejando aparte a mi hermano Rudy y su muerte, creo que nada de cuanto cuente aquí me afecta muy hondo. Escribo estas páginas como se levanta acta o como se redacta un currículum vitae, a título documental y, seguramente, para liquidar de una vez una vida que no era la mía. Sólo es una simple y fina capa de hechos y gestos. No tengo nada que confesar ni nada que dilucidar y no siento afición alguna por la introspección ni por los exámenes de conciencia. Antes bien, cuanto más oscuras y misteriosas seguían siendo las cosas, más me interesaban. E intentaba incluso hallarle un misterio a aquello que no tenía ninguno. Los acontecimientos que rememoraré hasta mis veintiún años los he vivido en proyección trasera, ese procedimiento que consiste en hacer que vayan pasando en segundo plano paisajes mientras los actores se quedan quietos en el plató del estudio. Querría describir esa impresión que otros muchos sintieron antes que yo: todo desfilaba en proyección trasera y no podía aún vivir mi vida.

Estuve interno en el colegio de Le Montcel hasta 1960. Disciplina militar durante cuatro años. Todas las mañanas, izar bandera. Marcar el paso. Sección, alto. Sección, firmes. Por la noche inspección en los dormitorios. Vejaciones de algunos «capitanes», alumnos del último curso de bachillerato encargados de que se respetase la «disciplina». Timbre para despertarse. Ducha, por tandas de treinta. Pista Hébert. Descansen. Firmes. Y en las horas de jardinería rastrillábamos en fila las hojas secas de los prados de césped.

Mi vecino de pupitre en tercero de bachillerato se llamaba Safirstein. Estaba en mi dormitorio, en el pabellón verde. Me había contado que su padre, a los veinte años, estaba estudiando medicina en Viena. En 1938, en la época de la

46

Anschluss, los nazis humillaron a los judíos de Viena, obligándolos a regar las aceras, a pintar personalmente las estrellas de seis puntas en los escaparates de sus comercios. Su padre tuvo que padecer esas vejaciones antes de escapar de Austria. Una noche decidimos ir a explorar el interior del búnker que había al fondo del parque. Había que cruzar un prado grande de césped y si llamábamos la atención de alguno de los vigilantes corríamos el riesgo de que nos castigasen con severidad. Safirstein se negó a participar en aquella travesura de boy-scouts. A la mañana siguiente mis compañeros lo pusieron en cuarentena y lo llamaron «rajado» con esa basteza cuartelera que abruma cuando los «hombres» están solos. El padre de Safirstein llegó una tarde de improviso al internado. Quería hablar con todo el dormitorio. Pidió amablemente a sus ocupantes que dejasen de vejar a su hijo y que no le llamasen más «rajado». Aquel comportamiento asombró a mis compañeros, e incluso a Safirstein. Estábamos reunidos en torno a la mesa de la sala de profesores. Safirstein estaba al lado de su padre. Todo el mundo se reconcilió con buen humor. Me parece que el padre nos dio cigarrillos. Ninguno de mis compañeros daba ya importancia al incidente. Ni siquiera Safirstein. Pero me di perfecta cuenta de la preocupación de aquel hombre que se había preguntado si la pesadilla que padeció veinte años antes iba a volver a empezar para su hijo.

Al colegio de Le Montcel iban los niños a quienes no querían, bastardos, niños perdidos. Me acuerdo de un brasileño que tuve durante mucho tiempo de vecino de dormitorio y que llevaba dos años sin saber nada de sus padres, como si lo hubieran dejado en la consigna de una estación olvidada. Otros traficaban con pantalones vaqueros y forzaban ya los cordones policiales. De entre aquellos alumnos, dos hermanos comparecieron años después ante el tribunal de lo criminal. Juventud dorada en muchos casos, pero con un oro sospechoso, una mala aleación. La mayoría de aquellos muchachos no iba a tener porvenir.

Las lecturas de aquella época. Algunas me dejaron huella: *Fermina Márquez, En la colonia penitenciaria, Los amores amarillos, Al romper el alba.* En otros libros recobraba la dimensión fantástica de las calles: *Margarita de la noche, Sólo*

48

una mujer, La calle sin nombre. Todavía andaban rodando por las bibliotecas de las enfermerías del internado unas cuantas novelas antiguas que habían sobrevivido a las dos últimas guerras y allí estaban, muy discretas, por miedo a que las bajasen al sótano. Me acuerdo de que leí *Los Oberlé.* Pero, sobre todo, leía los primeros libros de bolsillo, que acababan de salir, y los de la colección Pourpre, con tapas en cartoné. Todas revueltas, las novelas buenas y las malas. Muchas de ellas han desaparecido de los catálogos. De entre aquellos primeros libros de bolsillo algunos títulos han conservado su aroma: *La calle de Le Chat-qui-Pêche, La rosa de Bratislava, Marion de las nieves.*

Los domingos, paseo con mi padre y alguno de sus comparsas del momento. Stioppa. Mi padre lo ve bastante. Lleva monóculo y tanta gomina en el pelo que deja huella cuando apoya la cabeza en el respaldo del sofá. No tiene oficio alguno. Vive en una pensión para familias de la calle de Victor-Hugo. A veces íbamos Stioppa, mi padre y yo a pasear al bosque de Boulogne.

Otro domingo, mi padre me lleva al Salón Náutico, por la zona del muelle de Branly. Nos encontramos con uno de sus amigos de antes de la guerra, «Paulo» Guerin. Un muchacho viejo con chaqueta blazer. No me acuerdo ya de si también estaba visitando el Salón o si estaba al frente de un stand. Mi padre me explica que Paulo Guerin no ha hecho nunca nada más que montar a caballo, conducir coches estupendos y seducir a chicas. Que me sirva eso de lección: sí, en la vida hay que tener estudios y títulos. En aquella tarde que ya iba vencida, mi padre tenía una expresión pensativa, como si acabara de cruzarse con un fantasma. Cada vez que he pasado por el muelle de Branly, me he acordado de aquella silueta un tanto fondona, de aquel rostro que me pareció abotagado bajo el pelo oscuro y peinado hacia atrás, de aquel Paulo Guerin. Y la pregunta seguirá siempre pendiente: ¿que podía estar haciendo aquel domingo, sin un mal título, en el Salón Náutico?

Había también un tal señor Charly d'Alton. Era sobre todo con él y con su antiguo compañero Lucien P. con quienes mi padre se tiraba el teléfono como un balón de rugby. Aquel apellido me recordaba a los hermanos Dalton, de los tebeos, y más adelante me di cuenta de que era

50

también el apellido de un amigo y de dos amantes de Alfred de Musset. Un hombre a quien mi padre llamaba siempre por el apellido: Rosen (o Rozen). Aquel Rosen (o Rozen) era el doble del actor David Niven. Me pareció entender que durante la guerra de España se alistó en las filas franquistas. Se quedaba horas en el sofá sin decir nada. Incluso cuando mi padre no estaba. Y supongo que también por la noche. Era un mueble más.

Mi padre me acompañaba a veces los lunes por la mañana a La Rotonde, en la puerta de Orléans. Allí era donde me esperaba el autocar que me devolvía al internado. Nos levantábamos a eso de las seis y, antes de que yo cogiera el autocar, mi padre aprovechaba para quedar con gente en los cafés de la puerta de Orléans, con luz de neón en las mañanas de invierno en que aún era completamente de noche. Silbidos de la cafetera exprés. Las personas con las que se encontraba allí eran diferentes de aquellas con las que se veía en el Claridge o en el Grand Hôtel. Se hablaban en voz baja. Feriantes, hombres de cutis rubicundo, viajantes de comercio, o con pinta camastrona de pasantes de notario de provincias.

¿Para qué le servían exactamente? Tenían apellidos rústicos: Quintard, Chevreau, Picard...

Un domingo por la mañana fuimos en taxi al barrio de La Bastille. Mi padre mandó pararse al taxi unas veinte veces delante de varios edificios, en el bulevar de Voltaire, en la avenida de La République, en el bulevar de Richard-Lenoir... En cada una de esas ocasiones, dejaba un sobre en la portería del edificio. ¿Una convocatoria a ex accionistas de alguna sociedad difunta cuyos títulos había exhumado? ¿Quizá aquella Unión Minera de Indochina? Otro domingo, va dejando los sobres por todo el bulevar de Pereire.

El sábado por la noche íbamos a veces de visita a casa de una pareja entrada en años, los Facon, que vivían en un piso diminuto en la calle de Le Ruisseau, detrás de Montmartre. En la pared del exiguo salón, expuesta en un marco, la medalla que el señor Facon había ganado en la guerra de 1914. Había sido impresor. Le gustaba la literatura. Me regaló una preciosa edición encuadernada de la antología de los poemas de Saint-Pol Roux, *La Rose et les épines du chemin*. ¿En qué circunstancias lo había conocido mi padre?

Me acuerdo también de un tal Léon Grunwald. Venía a almorzar con mi padre varias veces por semana. Alto, con pelo gris y ondulado, cabeza de perro de aguas, hombros y mirada cansados. Mucho más adelante, tuve la sorpresa de volver a dar con el rastro de aquel hombre al leer en *L'affaire de Broglie* de Jesús Ynfante que en 1968 el presidente de una sociedad, Matesa, «buscaba una financiación de entre quince y veinte millones de dólares». Se puso en relación con Léon Grunwald, «un personaje que había participado en las principales financiaciones realizadas en Luxemburgo». Se firmó un protocolo de acuerdo entre «los señores Jean de Broglie, Raoul de Léon y Léon Grunwald»: si conseguían el empréstito cobrarían una comisión de quinientos mil dólares. Por lo que leí, Grunwald se murió entretanto. ¿De cansancio? Hay que decir que las personas así tienen una actividad agotadora y pasan muchas noches en vela. De día, no paran de quedar unos con otros para ver si firman sus «protocolos de acuerdo».

Querría respirar un aire algo más puro, me da vueltas la cabeza, pero me acuerdo de algunas de las «citas» de mi padre. Un día, a última hora de la mañana, lo acompañé a los Campos Elíseos. Nos recibió un hombre menudo y calvo, muy vivaracho, en un cuchitril donde casi no podíamos ni sentarnos. Pensé que era uno de los siete enanitos. Hablaba en voz baja, como si estuviera ocupando ese despacho de forma fraudulenta.

Normalmente, mi padre «citaba» a la gente en el vestíbulo del Hotel Claridge y me llevaba con él los domingos. Una tarde, me quedo aparte mientras charla en voz baja con un inglés. Intenta arrebatarle por sorpresa una hoja que el inglés acaba de firmar. Pero éste la recupera a tiempo. ¿De qué «protocolo de acuerdo» se trataba? Mi padre tenía una oficina en el gran edificio de color ocre del 1 de la calle de Lord-Byron, en donde dirigía la Sociedad Empresarial Africana junto con una secretaria, Lucienne Watier, ex modista, a quien tuteaba. Es uno de mis primeros recuerdos de las calles de París: subíamos la calle de Balzac, y luego, a la derecha, tomábamos la curva de la calle de Lord-Byron. También se podía llegar a esa oficina entrando en el edificio del cine Normandie, en los Campos Elíseos, y recorriendo un laberinto de pasillos.

54

En la chimenea del cuarto de mi padre varios volúmenes de Derecho marítimo, que se estudia. Está pensando en construir un petrolero en forma de cigarro puro. Los abogados corsos de mi padre: el señor Mariani, a quien íbamos a ver a su casa, el señor Vizzavona. Paseos del domingo con mi padre y un ingeniero italiano que tenía una patente de «hornos autoclaves». Mi padre tendrá mucha relación con un tal señor Held, «radiestesista», que llevaba siempre un péndulo en el bolsillo. Una noche, en las escaleras, mi padre me dijo una frase que, sobre la marcha, no entendí demasiado bien, una de las pocas confidencias que me haya hecho nunca: «Nunca hay que descuidar los detalles pequeños... Yo, por desgracia, siempre he descuidado los detalles pequeños...»

Por esos años, 1957-1958, aparece otro de sus comparsas, un tal Jacques Chatillon. Lo volví a ver veinte años después; y entonces se hacía llamar James B. Chatillon. Se casó, al principio de la Ocupación, con la nieta de un negociante de quien era secretario, y durante ese tiempo había estado comerciando con caballos en Neuilly. Me envió una carta en la que me hablaba de mi

55

padre: «No debe apenarte que muriera solo. A tu padre no le desagradaba la soledad. Tenía una imaginación –a decir verdad orientada exclusivamente hacia los negocios– tremenda, que cuidaba muy mucho de nutrir y que le nutría la mente. Nunca estaba solo, sino "en connivencia" siempre con sus elaboraciones, y eso es lo que le daba ese aspecto extraño y que a muchos les resultaba desconcertante. Por todo sentía curiosidad, incluso aunque no estuviera de acuerdo con ello. Conseguía dar una impresión de calma, aunque podría fácilmente haber sido violento. Cuando estaba metido en una contrariedad, los ojos le relampagueaban. Se le abrían del todo, y eso que normalmente solía tener aquellos párpados suyos, algo gruesos, medio cerrados. Era, por encima de todo, un diletante. Lo que dejaba aún más sorprendidos a sus interlocutores era la pereza que le daba hablar, explicitar lo que quería decir. Sugería unas cuantas palabras alusivas... que marcaba con algunos gestos de la mano seguidos de un "eso es"... con carraspeos al final. A la pereza que le daba hablar hay que añadir la pereza que le daba escribir, que disculpaba ante sí mismo porque tenía una letra difícil de entender.»

James B. Chatillon habría querido que yo escribiera las memorias de uno de sus amigos, un facineroso corso, Jean Sartore, que acababa de morirse y había tenido tratos con la banda de la calle de Lauriston y con su jefe, Lafont, durante la Ocupación. «Siento que no hayas podido escribir las memorias de Jean Sartore, pero te equivocas al pensar que era un antiguo amigo de Lafont. Utilizaba a Lafont como pararrayos para traficar con oro y con divisas y lo tenían aún más perseguido los alemanes que los franceses. Dicho lo cual, es cierto que sabía mucho acerca de todo el equipo de Lauriston.»

En 1969, me llamó por teléfono cuando salió mi segunda novela y me dejó un nombre y un número en donde podía localizarlo. Era la casa de un tal señor De Varga, que anduvo más adelante comprometido en el asesinato de Jean de Broglie. Me acuerdo de un domingo en que fuimos a dar un paseo al monte Valérien mi padre y yo con ese Chatillon, un hombre moreno y rechoncho, con ojos negros muy vivos bajo unos párpados ajados. Nos llevaba en un Bentley viejo con los asientos de cuero desfondados, el único bien material que le quedaba. Al cabo de un tiempo, tuvo que prescindir de él y venía al muelle de Conti en motocicleta. Era muy creyente. Un día le pregunté con tono de provocación: «¿Para qué sirve la religión?», y me regaló una biografía del papa Pío XI con la siguiente dedicatoria: «Para Patrick, que quizá entienda, al leer este libro, "para qué sirve"...»

Mi padre y yo estamos solos con frecuencia el sábado por la noche. Vamos a los cines de los Campos Elíseos y al Gaumont Palace. Una tarde de junio hacía mucho calor e íbamos andando –no recuerdo ya con qué motivo– por el bulevar de Rochechouart. Entramos, para huir del sol, en la oscuridad de una sala pequeña: el Delta. Un documental, *El proceso de Nuremberg,* en el cine Georges V. A los trece años descubro las imágenes de los campos de exterminio. Algo cambió para mí ese día. ¿Qué opinaba mi padre? Nunca hablamos de ello, ni siquiera a la salida del cine.

Las noches de verano íbamos a tomar un helado a Ruc o a La Régence. Cenábamos en L'Alsacienne, en los Campos Elíseos, o en el restaurante chino de la calle de Le Colisée. Por la noche, poníamos en el tocadiscos de cuero granate unas muestras de discos de plástico a cuyo lanzamiento comercial aspiraba mi padre. Y recuerdo un libro de su mesilla de noche: *Cómo hacer amigos*, lo que me hace comprender ahora lo solo que estaba. Un lunes, una mañana de vacaciones, oí pasos en la escalera interior que llevaba al quinto, en donde estaba mi cuarto. Luego, voces en el cuarto de baño grande, que estaba tabique por medio. Unos agentes judiciales se estaban llevando todos los trajes, las camisas y los zapatos de mi padre ¿A qué treta había recurrido para impedir que embargasen los muebles?

Vacaciones de verano de 1958 y 1959 en Megève, donde estaba solo con una joven, estudiante de Bellas Artes, que cuidaba de mí como una hermana mayor. El Hotel de la Résidence estaba cerrado y parecía abandonado. Cruzábamos por el vestíbulo en penumbra para ir a la piscina. A partir de las cinco de la tarde, junto a esa piscina tocaba una orquesta italiana. Un médico y su mujer nos habían alquilado dos habitaciones en su casa. Era una pareja rara. La mujer —una morena— tenía pinta de loca. Habían adoptado a una chica de mi edad, dulce como todos los niños a quienes no han querido, con la que me pasaba tardes enteras en las aulas desiertas del colegio vecino. Bajo el sol de verano, olía a hierba y a asfalto.

Vacaciones de Pascua de 1959 con un compañero que me lleva con él, para que no me quede en el internado, a Monte Carlo, a casa de su abuela, la marquesa de Polignac. Es una norteamericana. Me enteré más adelante de que era prima de Harry Crosby, el editor de Lawrence y de Joyce en París, que se suicidó a los treinta años. Conduce un Citroën negro. Su marido se dedicaba a los vinos de Champaña y tenían trato antes de la guerra con Joachim von Ribbentrop en los tiempos en que él también era representante de champaña. Pero el padre de mi compañero es ex miembro de la Resistencia y trotskista. Ha escrito un libro sobre el comunismo yugoslavo con prólogo de Sartre. De todo eso me enteraré más adelante. En Monte Carlo me paso tardes enteras en casa de la marquesa hojeando álbumes con las fotos que ha ido reuniendo, a partir de los años veinte, que ilustran la grata y despreocupada vida que llevaron ella y su marido. Quiere enseñarme a conducir y me cede el volante de su 15 CV en una carretera llena de curvas. Tomo mal una y estamos en un tris de caernos al vacío. Nos lleva a Niza a su nieto y a mí a ver a Luis Mariano en el circo Pinder.

Estancias en Inglaterra, en Bornemouth, en 1959 y en 1960. Verlaine había vivido en aquella zona: chalets rojos salpicados entre las frondas y los caserones blancos de los balnearios. No tengo intención de regresar a Francia. No sé nada de mi madre. Y me parece que a mi padre le vendría bien que me quedase en Inglaterra más tiempo del previsto. La familia con quien vivo no me puede seguir alojando. Me presento entonces en la recepción de un hotel con los tres mil francos antiguos que tengo y me dejan dormir gratis en un salón que no se usa de la planta baja. Luego, el director de la escuela adonde voy todas las mañanas a clase de inglés abre, para albergarme, algo así como un cuarto trastero que hay bajo el hueco de la escalera. Me escapo a Londres. Llego por la noche a la estación de Waterloo. Cruzo el puente de Waterloo. Estoy aterrado de hallarme solo en esta ciudad, que me parece mayor que París. En Trafagar Square, desde una cabina roja, llamo a mi padre a cobro revertido. Intento que no se dé cuenta del pánico que siento. No parece sorprenderlo mucho enterarse de que estoy solo en Londres. Me desea buena suerte con voz indiferente. Aunque soy menor de edad, en un hotelito de Bloomsbury aceptan darme una habitación. Pero sólo para una noche. Y a la mañana siguiente pruebo suerte en otro hotel en Marble Arch. También ahí hacen la vista gorda en lo referido a mis quince años y me dejan quedarme en una habitación minúscula. Aún era la Inglaterra de los *teddy boys* y el Londres adonde Christine Keeler acababa de llegar, desde su extrarradio, con diecisiete años. Más adelante supe que aquel verano trabajó de camarera en un restaurante griego pequeño de Baker Street, muy cerca del restaurante turco donde cenaba yo por las noches antes de dar ansiosos paseos por Oxford Street. «Y Thomas de Quincey, bebiendo / suave opio, tósigo casto, / en su pobre Anne iba soñando...»

Una noche de septiembre de 1959 con mi madre y uno de sus amigos en un restaurante árabe de la calle de Les Écoles, el Koutoubia. Es tarde. El restaurante está vacío. Todavía es verano. Hace calor. La puerta de la calle está abierta de par en par. En aquellos años tan raros de mi adolescencia, Argel era la prolongación de París y a París llegaban las ondas y los ecos de Argel, como si soplase el siroco en los árboles de las Tullerías, trayendo un poco de arena de los desiertos y las playas... En Argel y en París, las mismas Vespas, los mismos carteles de películas, las mismas canciones en las máquinas de los cafés, los mismos Dauphine por las calles. El mismo verano en Argel y en los Campos Elíseos. Aquella noche, en el Koutoubia, ¿estábamos en París o en Argel? Poco tiempo después, pusieron una bomba de plástico en el Koutoubia. Una noche, en Saint-Germain-des-Prés —¿o en Argel?— acababan de poner una bomba de plástico en la tienda del camisero Jack Romoli.

Aquel otoño de 1959, mi madre está trabajando en una obra en el teatro Fontaine. Los sábados, que son noche de salida del internado, hago a veces los deberes en el despacho del director de ese teatro. Y me doy paseos por los alrededores. Descubro el barrio de Pigalle, menos pueblerino que Saint-Germain-des-Prés y algo más turbio que los Campos Elíseos. Allí, en la calle de Fontaine, en la plaza Blanche, en la calle de Frochot, me codeo por vez primera con los misterios de París y empiezo, sin darme cuenta del todo, a soñar mi vida.

En el muelle de Conti viven en el piso dos recién llegados: Robert Fly, un amigo de juventud de mi padre, que le hace las veces de chófer y lo acompaña a todas partes en un DS 19, y Robert Car, un modisto con quien mi madre se ha liado durante el rodaje de la película *Le Cercle vicieux* de Max Pecas, en la que interpretaba el papel de una extranjera rica e inquietante, amante de un joven pintor.

En enero de 1960 me escapo del internado porque estoy enamorado de una tal Kiki Daragane, a quien he conocido en el piso de mi madre. Tras caminar hasta los hangares del aeródromo de Villacoublay y haber llegado hasta Saint-Germain-des-Prés en autobús y en metro, me tropiezo por casualidad con Kiki Daragane en el café Malafosse, en la esquina de la calle de Bonaparte y el muelle. Está con unos amigos, estudiantes de Bellas Artes. Me aconsejan que me vaya a casa. Llamo, pero no contesta nadie. Mi padre ha debido de irse con Robert Fly en el DS 19. Mi madre no está, como de costumbre. En alguna parte tendré que dormir. Regreso al internado en metro y en autobús, tras haberles pedido algo de dinero a Kiki y a sus amigos. El director se aviene a que me quede hasta el mes de junio. Pero al acabar el curso me expulsan.

Los pocos días de salida, mi padre y Robert Fly me llevan con ellos a veces en sus periplos. Recorren las zonas rurales de Île-de-France. Están citados con notarios y visitan fincas de todo tipo. Paran en posadas en las lindes de los bosques. Da la impresión de que mi padre, por alguna razón imperiosa, quiere «que le dé el aire». En París, prolongados conciliábulos entre Robert Fly y mi padre, en el fondo de una oficina adonde voy a encontrarme con ellos, en el 73 del bulevar de Haussmann. Robert Fly llevaba bigotes rubios. Aparte de conducir el DS 19 no sé a qué otras actividades se dedicaba. De vez en cuando, según me explicaba, «se daba una vuelta» por Pigalle y volvía al muelle de Conti a eso de las siete de la mañana. Robert Car convirtió en taller de costura una de las habitaciones del piso. Mi padre le puso un mote: Trufaldino, un personaje de la commedia dell'arte. En los años cuarenta, era Robert Car quien vestía a los primeros travestis: la Zambella, Lucky Sarcel, Zizi Moustic.

Acompaño a mi padre a la calle de Christophe-Colomb, donde visita a un nuevo «comparsa», un tal Morawski, en un palacete pequeño de esa calle, en el número 12 o en el 14. Lo espero caminando arriba y abajo bajo las frondas de los castaños. Está empezando la primavera. Mi madre trabaja en una obra en el Théâtre des Arts, que dirige una tal señora Alexandra Roubé-Jansky. La obra se llama *Les femmes veulent savoir*. La han escrito un sedero de Lyon y su amiga, y la financian por completo; han alquilado el teatro y pagan a los actores. La sala está vacía todas las noches. Los únicos espectadores son unos cuantos amigos del sedero de Lyon. El director aconsejó muy sabiamente al sedero que no avisara a los críticos, so pretexto de que son «muy mala gente»...

El domingo anterior a las vacaciones de verano, Robert Fly y mi padre me acompañan a última hora de la tarde en el DS 19 al colegio de Le Montcel y esperan a que termine de hacer la maleta. Tras meterla en el maletero del DS, me voy definitivamente de Jouy-en-Josas por la autopista del Oeste.

Por lo visto, quieren alejarme de París. En septiembre de 1960, me matriculan en el colegio Saint-Joseph de Thônes, en las montañas de Alta Saboya. Los encargados de sacarme son un tal señor Jacques Gérin y su mujer, Stella, la hermana de mi padre. Tienen alquilada a orillas del lago de Annecy, en Veyrier, una casa blanca con postigos verdes. Pero, quitando los pocos domingos de salida, en los que dejo el internado por unas cuantas horas, no se ocupan mucho de mí que digamos.

«Jacky» Gérin trabaja en plan diletante «en el ramo textil», es oriundo de Lyon, bohemio, aficionado a la música clásica, al esquí y a los coches caros. Stella Gérin, por su parte, mantiene

correspondencia con el abogado Pierre Jaccoud de Ginebra, acusado de asesinato y por entonces en la cárcel. Cuando Jaccoud salga en libertad, irá a verlo a Ginebra. Yo iré con ella y lo conoceré en el bar del Mövenpick, allá por 1963. Me hablará de literatura y, sobre todo, de Mallarmé.

Jacky Gérin le sirve de testaferro, en París, a mi tío Ralph, el hermano menor de mi padre: en realidad es mi tío Ralph quien dirige los «Establecimientos Gérin», en el 74 de la calle de Hauteville. Nunca pude averiguar a qué se dedicaban exactamente esos Establecimientos Gérin, algo así como un almacén, al fondo del cual tenía el despacho mi tío Ralph y vendía «material». Le pregunté, años después, por qué esos establecimientos se llamaban «Gérin» y no «Modiano», que era como se apellidaba él. Me contestó, con su acento parisino: «Sabes, chico, los apellidos que sonaban a italiano estaban mal vistos después de la guerra.»

Las últimas tardes de vacaciones, leo, en la playita de Veyrier-du-Lac, *El diablo en el cuerpo* y *El Sabbat*. Pocos días antes de comenzar el curso, mi padre me envía una carta severa que bien podía desanimar a un muchacho que no iba a tar-

dar en verse preso en el internado. ¿Quiere acaso, para quedarse con la conciencia tranquila, convencerse a sí mismo de que hace bien en abandonar a su suerte a un delincuente? «ALBERT RODOLPHE MODIANO, MUELLE DE CONTI, 15, París VI, 8 de septiembre de 1960. Te devuelvo la carta que me mandaste desde Saint-Lô. Debo decirte que ni por un momento creí, al recibirla, que tu deseo de volver a París se debiera al hecho de tener que preparar un eventual examen en tu futuro colegio. Por eso he decidido que salgas mañana mismo por la mañana, en el tren de las 9, para Annecy. Estoy esperando a ver cómo te portas en este nuevo centro y no puedo sino desear, por ti, que tengas una conducta ejemplar. Pensaba ir a Ginebra a verte. Ese viaje me parece inútil por ahora. ALBERT MODIANO.»

Mi madre pasa como una exhalación por Annecy, se queda el tiempo preciso para comprarme dos piezas del equipo: un guardapolvo gris y un par de zapatos de segunda mano, con suela de crepé, que me durarán alrededor de diez años y en los que nunca entrará el agua. Se va mucho antes de la tarde del comienzo de las clases. Siempre resulta penoso ver cómo ingresa en un internado un niño, sabiendo que se va a quedar preso allí. Entran ganas de impedírselo. ¿Se plantea mi madre esa cuestión? Aparentemente, no hallo gracia ante sus ojos. Y además tiene que irse para pasar una temporada larga en España.

Otra vez septiembre. Comienzo de curso, un domingo por la tarde. Los primeros días en el colegio Saint-Joseph se me hacen duros. Pero no tardo en acostumbrarme. Llevo ya cuatro años viviendo interno. Mis compañeros de Thônes son, la mayoría, de origen campesino y los prefiero a los golfos dorados de Le Montcel.

Por desgracia, nos controlan las lecturas. En 1962, me expulsarán unos días por haber leído *El trigo en ciernes*. Gracias a mi profesor de francés, el padre Accambray, obtendré un permiso «especial» para leer *Madame Bovary*, que tienen prohibido los demás alumnos. He conservado ese ejemplar del libro, en el que pone: «Visto bueno. Clase de quinto», con la firma del canónigo Janin, el director del colegio. El padre Accambray me aconsejó una novela de Mauriac, *Los caminos del mar*, que me gustó mucho, sobre todo el final, tanto que todavía hoy recuerdo la última frase: «... como en las madrugadas negras

70

de antaño.» También me hizo leer *Los desarraiga-
dos*. ¿Se había dado cuenta de que lo que yo echa-
ba hasta cierto punto de menos era un pueblo de
Sologne, o de Valois, o más bien esos pueblos tal
y como los soñaba? Mis libros de cabecera, en el
dormitorio, en la mesilla de noche: *El oficio de
vivir*, de Pavese. No se les ocurre prohibírmelo.
*Manon Lescaut, Las hijas del fuego, Cumbres bo-
rrascosas, El diario de un cura rural.*

Unas cuantas horas de salida una vez al mes
y el autocar del domingo, a última hora de la tarde, me devuelve al colegio. Lo espero al pie de un
árbol grande, cerca del ayuntamiento de Veyrier-
du-Lac. Con frecuencia tengo que hacer el trayecto de pie. Los campesinos regresan a las casas
de labor tras pasar el domingo en la ciudad. Cae
la noche. Pasamos delante del castillo de Men-
thon-Saint-Bernard, el pequeño cementerio de
Alex y el de los héroes de la meseta de Les Glíè-
res. Esos autocares del domingo a última hora de
la tarde y esos trenes Annecy-París, atestados
como en tiempos de la Ocupación. Por lo demás,
esos autocares y esos trenes son más o menos
iguales que por entonces.

Golpe de Estado en Argel; sigo sus peripecias

en el dormitorio, en un transistor pequeño, diciéndome que tengo que aprovechar el pánico generalizado para escaparme del colegio. Pero el orden queda restablecido en Francia el domingo siguiente por la noche.

Las luces piloto del dormitorio. Los regresos al dormitorio después de las vacaciones. La primera noche es difícil. Te despiertas y no sabes dónde estás. Los pilotos te lo recuerdan con brutalidad. Se apagan las luces a las nueve de la noche. La cama pequeña. Las sábanas que tardan meses en cambiar y que apestan. La ropa también. Levantarse a las seis y cuarto. Aseo somero, con agua fría, ante los lavabos de diez metros de largo, como pilones con una hilera de grifos encima. Estudio. Desayuno. Café sin azúcar en un tazón metálico. Nada de mantequilla. Durante el recreo de la mañana, debajo de los soportales del patio, podemos leer en grupo un ejemplar del diario *L'Écho Liberté*. Reparten una rebanada de pan y una onza de chocolate negro a las cuatro. Polenta para cenar. Me muero de hambre. Me dan mareos. Un día, unos cuantos nos enfrentamos al ecónomo, el padre Bron, y le decimos que la comida es escasa. Paseo de la clase los jueves por la tarde, alrededor de Thônes. Aprovecho para comprar en el pueblo *Les Lettres françaises, Arts* y *Les Nouvelles littéraires*. Los leo de cabo a rabo. Todos esos semanarios se amontonan en mi mesilla de noche. Recreo después de comer, durante el que oía el transistor. A lo lejos, detrás de los árboles, los quejidos monótonos del aserradero. Días interminables de lluvia bajo los soportales del patio. La hilera de cagaderos turcos cuyas puertas no cierran. La Adoración del Santísimo por la noche, en la capilla, antes de ir, en fila, al dormitorio. Seis meses de nieve. A esa nieve siempre le he visto algo enternecedor y amistoso. Y una canción, el año aquel, en el transistor: *Non, je ne me souviens plus du nom du bal perdu...*[1]

Durante el curso recibo pocas cartas de mi madre, procedentes de Andalucía. La mayor parte de esas cartas me llegan a casa de los Gérin, en Veyrier-du-Lac, salvo dos o tres que llegan al colegio. Abren las cartas recibidas o enviadas y el canónigo Janin opina que es muy rara esa madre sin marido y en Andalucía. Mi madre me escribe

---

1. «No, ya no recuerdo cómo se llamaba aquel baile perdido...» *(N. de la T.)*

desde Sevilla: «Deberías empezar a leer a Montherlant. Creo que podría enseñarte muchas cosas. Muchacho, hazme caso muy en serio. Hazlo, por favor, lee a Montherlant. En él encontrarás buenos consejos. Por ejemplo cómo debe un chico joven comportarse con las mujeres. De verdad que leyendo *Les Jeunes Filles* de Montherlant aprenderás muchas cosas.» Me dejó muy sorprendido tanta vehemencia: mi madre no había leído ni una línea de Montherlant. Era un amigo suyo, el periodista Jean Cau, quien le había dado el soplo de que me lo aconsejara. Hoy en día me siento de lo más perplejo: ¿deseaba en serio que Montherlant me hiciera las veces de guía en el terreno sexual? Leí, pues, con ojos ingenuos *Les Jeunes Filles*. De Montherlant prefiero *Le Fichier parisien*. En 1961, mi madre me envió por descuido otra carta que intrigó al canónigo. Había recortes de prensa referidos a una comedia: *Le Signe de Kikota*, con la que estaba de gira junto con Fernand Gravey.

Navidad de 1960, en Roma, con mi padre y su amiga, una italiana muy nerviosa a la que lleva veinte años, con el pelo amarillo paja y pinta de una Mylène Demongeot de imitación. Una

74

foto de la cena festiva, hecha en una sala de fiestas de la Via Veneto, ilustra esta estancia. Tengo una expresión pensativa y, cuarenta años después, me pregunto qué demonios hacía yo allí. Para consolarme, me digo que la foto es un montaje. La Mylène Demongeot de imitación quiere que le anulen un primer matrimonio por la Iglesia. Una tarde la acompaño, por las inmediaciones del Vaticano, a casa de un tal monseñor Pendola. Éste, pese a la sotana y a la foto dedicada del Papa encima de la mesa del despacho, se parece a los especuladores con los que mi padre se reunía en el Claridge. Aquellas Navidades a mi padre parecieron sorprenderle los tremendos sabañones que tenía yo en las manos.

Otra vez el internado, hasta las vacaciones de verano. A principios de julio mi madre vuelve de España. Voy a buscarla al aeropuerto de Ginebra. Se ha teñido el pelo de negro. Se instala en Veyrier-du-Lac, en casa de los Gérin. Anda sin un céntimo. Apenas tiene un par de zapatos. La estancia en España no ha sido provechosa, y sin embargo no ha perdido nada de su arrogancia. Cuenta, con barbilla altanera, historias «sublimes» de Andalucía y de toreros. Pero, tras la afectación y las fantasías, hay mucha dureza. Mi padre pasa unos cuantos días por aquellos alrededores en compañía del marqués Philippe de D., con quien tiene negocios. Un rubio alto, bigotudo y tonante a quien va pisando los talones una amante morena. Le coge prestado el pasaporte a mi padre para ir a Suiza. Tienen la misma estatura, el mismo bigote y la misma corpulencia; y D. ha perdido la documentación, porque acaba de salir de Túnez deprisa y corriendo por los sucesos de Bizerta. Vuelvo a verme entre mi padre, Philippe de D. y la amante morena en la terraza de Le Père Bise, en Talloires, y me vuelvo a preguntar qué demonios hacía yo allí. En agosto, mi madre y yo nos vamos a Knokke-le-Zoute, donde los miembros de una familia con quien tiene amistad nos acogen en su casita de campo. Un detalle muy amable, porque en caso contrario habríamos dormido al sereno o en el Ejército de Salvación. Una juventud dorada muy zafia frecuentaba el karting. Unos industriales de Gante con modales desenvueltos de propietarios de yate se saludaban con voces profundas en un francés al que se esforzaban por dar entonación inglesa. Un amigo de juventud de mi madre, con pinta de niño viejo y descarriado, dirigía una sala de fiestas detrás de las dunas, camino de Ostende. Después, me vuelvo solo a Alta Saboya. Mi madre regresa a París. Empieza para mí otro curso en el colegio Saint-Joseph.

Vacaciones de Todos los Santos de 1961. La calle Royale de Annecy bajo la lluvia y la nieve derretida. En el escaparate de la librería la novela de Moravia *El tedio* con aquella faja: «Y su diversión: el erotismo.» Durante estas vacaciones grises de Todos los Santos leo *Crimen y castigo* y eso es lo único que me reconforta. Cojo la sarna. Voy a ver a una doctora cuyo nombre he encontrado en la guía de teléfonos de Annecy. El estado de debilidad en que me hallo parece asombrarla. Me pregunta: «¿Tiene usted padres?» Ante esa solicitud y esa ternura maternal tengo que contenerme para no echarme a llorar.

En enero de 1962 una carta de mi madre que, por suerte, no cae en las manos del canónigo Janin: «No te he llamado por teléfono esta semana. No estaba en casa. El viernes por la noche fui al cóctel que dio Litvak en el plató de su película. También he ido al estreno de la película de Truffaut *Jules et Jim* y esta noche voy a ver la obra de Calderón en el TNP... Me acuerdo de ti y sé que estudias mucho. Ánimo, querido muchacho. Sigo sin arrepentirme de haber dicho que no a la obra con Bourvil. Me sentiría desgraciadísima interpretando un papel tan vulgar. Espero encontrar otra cosa, la verdad. Muchacho, no creas que me olvido de ti, pero tengo tan poco tiempo para mandarte paquetes.»

En febrero de 1962, aprovecho las vacaciones de Carnaval y cojo un tren atestado para París con 39 de fiebre. Tengo la esperanza de que mis padres, al verme enfermo, se avengan a dejar que me quede algún tiempo en París. Mi madre se ha instalado en el tercer piso de la vivienda, en donde no quedan más muebles que un sofá desfondado. Mi padre vive en el cuarto, con la Mylène Demongeot de imitación. En casa de mi madre, coincido con el periodista Jean Cau, a quien protege un guardaespaldas por los atentados de la OAS. Curioso personaje, ese ex secretario de Sartre, con cara de lobo cervario y a quien fascinan los toreros. A los catorce años, le hice creer que el hijo de Staviski, con apellido falso, era mi vecino de cama en el dormitorio y que aquel compañero me había contado que su padre vivía aún en algún lugar de Sudamérica. Cau fue al internado en un 4 CV porque quería a toda costa conocer al «hijo de Staviski», con la esperanza de conseguir una exclusiva sensacional. También coincidí aquel invierno con Jean Normand (alias Jean Duval), un amigo de mi madre que me aconsejaba, cuando tenía once años, que leyese los libros de la Série Noire. Por entonces, en 1956, yo no podía saber que acababa de salir de la cárcel. También está en casa Mireille Ourousov. Duerme en el salón, en el sofá viejo. Una morena de veintiocho o treinta años. Mi madre la conoció en Andalucía. Está casada con un ruso, Eddy Ourousov, cuyo apodo es «El cónsul», porque bebe tanto como el personaje de Malcolm Lowry; él bebe cubalibres. Regentan entre los dos un hotel pequeño, con bar, en Torremolinos. Ella es francesa. Me cuenta que a los diecisiete años, la mañana del examen final de bachillerato, el despertador no sonó. Durmió hasta las doce. Vivía en no sé dónde, por la zona de las Landas. Por la noche, mi madre no está y me quedo con Mireille Ourousov. No consigue dormir en ese sofá viejo y desfondado. Y yo tengo una cama grande... Una mañana estoy con ella en la plaza de L'Odéon. Una gitana nos lee las rayas de la mano bajo el arco del Tribunal de Comercio Saint-André. Mireille Ourousov me dice que le parecería muy interesante conocerme dentro de diez años.

Vuelvo a Thônes en la grisura de marzo. El obispo de Annecy hace una visita solemne al internado. Le besamos el anillo. Discursos. Misa. Y recibo de mi padre una carta que el canónigo Janin no ha abierto y, si tuviera algo que ver con la realidad, sería la carta de un buen padre a su buen hijo: «2 de mayo de 1962. Mi querido Patrick, debemos contárnoslo todo con la mayor franqueza, es la única y exclusiva forma de no convertirnos en extraños el uno para el otro, como sucede, por desgracia, con demasiada frecuencia, en muchas familias. Me alegro de que me hables del problema que se te plantea ahora mismo: qué vas a hacer más adelante, en qué dirección vas a orientar tu vida. Me cuentas, por una parte, que te has dado cuenta de que los títulos son necesarios para conseguir situarse; y, por otra, que necesitas expresarte escribiendo libros u obras de teatro y que querrías dedicarte a eso por entero. La mayoría de los hombres que han obtenido los mayores éxitos literarios, si dejamos aparte algunas escasas excepciones, hicieron unos estudios muy brillantes. Estás al tanto, lo mismo que yo, de muchos ejemplos: Sartre, seguramente, no habría escrito algunos de sus libros si no hubiera seguido estudiando hasta sacar una cátedra de filosofía. Claudel escribió *El zapato de raso* mientras era un joven agregado de embajada en Japón, después de haberse licenciado brillantemente en la facultad de Ciencias Políticas. Romain Gary, que ganó el premio Goncourt, es ex alumno de Ciencias Políticas y cónsul en los Estados Unidos.» A mi padre le habría gustado que fuera ingeniero agrónomo. Opinaba que era una carrera con futuro. Si daba tanta importancia a los estudios era porque él no había estudiado y era hasta cierto punto como esos gángsters que quieren meter a sus hijas en un internado para que las eduquen las hermanitas. Hablaba con leve acento parisino, el de la colonia de Hauteville y la calle de Les Petits-Hôtels, y también el de la colonia de Trévise, donde se oye el murmullo de la fuente bajo los árboles, entre el silencio. De vez en cuando decía algunas palabras en argot. Pero podía inspirar confianza

81

a los inversores, porque tenía el porte de un hombre amable y reservado, de estatura elevada y que usaba trajes muy sobrios.

Me examino de bachillerato en Annecy. Ése va a ser mi único título. París en julio. Mi padre. Mi madre. Trabaja en una reposición de *Les portes claquent* en el teatro Daunou. La Mylène Demongeot de imitación. El parque Monceau, en donde leo los artículos sobre el final de la guerra en Argelia. El bosque de Boulogne. Descubro *Viaje al fin de la noche.* Soy feliz cuando camino solo por las calles de París. Un domingo de agosto, rumbo al sureste, en los bulevares de Jourdan y de Kellermann, en ese barrio que tan bien iba a conocer tiempo después, me entero, en el escaparate de una tienda de prensa, del suicidio de Marilyn Monroe.

El mes de agosto en Annecy. Claude. Tenía veinte años en aquel verano de 1962. Trabajaba en casa de un modisto de Lyon. Luego fue modelo «volante». Luego, en París, modelo a secas. Luego se casó con un príncipe siciliano y se fue a vivir a Roma, donde el tiempo se detiene para siempre. Robert. Escandalizaba en Annecy reivindicando en voz bien alta su condición de «maricona». Era un paria en aquella ciudad de provincias. En ese mismo verano de 1962, tenía veintiséis años. Me recordaba a la «Divina» de *Santa María de las Flores*. De muy joven, Robert había sido el amigo del barón belga Jean L., durante una temporada que pasó éste en el Imperial Palace de Annecy, ese mismo barón a cuyo ojeador conoció mi madre en Amberes en 1939. Volví a ver a Robert en 1973. Un domingo por la noche, en Ginebra, íbamos mi madre y yo en su coche cuando Robert cruzó el puente de Les Bergues. Estaba tan borracho que casi lo tiramos al Ródano. Murió en 1980. Tenía en la cara huellas de golpes y la policía detuvo a uno de sus amigos. Lo leí en un periódico: «La muerte real de un personaje de novela.»

Una chica, Marie. En verano, cogía, como yo, el autocar en Annecy, en la plaza de La Gare, a las siete de la tarde, al salir del trabajo. Volvía a Veyrier-du-Lac. La conocí en ese autocar. Era apenas mayor que yo y trabajaba ya de mecanógrafa. Cuando tenía el día libre, quedábamos en la playita de Veyrier-du-Lac. Leía *La historia de Inglaterra* de Maurois. Y fotonovelas que le compraba yo antes de ir a reunirme con ella en la playa.

La gente de mi edad que andaba por el Sporting o por La Taverne, y que el viento se llevó: Jacques L., apodado «el Marqués», hijo de un miembro de la Milicia a quien fusilaron en agosto de 1944 en Le Grand-Bornand. Pierre Fournier, que llevaba un bastón con puño. Y los que pertenecían a la generación de la guerra de Argelia: Claude Brun, Zazie, Paulo Hervieu, Rosy, la Yeyette, que había sido amante de Pierre Brasseur. Dominique, la morena con chaqueta de cuero negro, pasaba bajo los soportales y decían que vivía «de sus encantos» en Ginebra... Claude Brun y sus amigos. Unos *vitelloni*. Su película de culto era *La bella americana*. Al regresar de la guerra de Argelia se compraron coches MG de segunda mano. Me llevaron a un partido de fútbol «en horario de noche». Uno de ellos apostó a que seducía a la mujer del prefecto en quince días y se la llevaba al Grand Hôtel de Verdún; ganó la apuesta. Otro era amante de una mujer rica y muy bonita, viuda de una fuerza viva y que iba asiduamente en invierno al club de bridge de la primera planta del casino.

Yo iba en autocar a Ginebra, donde, a veces, veía a mi padre. Almorzábamos en un restaurante italiano con un tal Picard. Por la tarde, mi padre tenía citas. Curiosa Ginebra de los primeros principios de los años sesenta. Unos cuantos argelinos hablaban en voz baja en el vestíbulo del Hotel du Rhône. Yo paseaba por la ciudad vieja. Decían que Dominique, la morena, de quien estaba enamorado, trabajaba de noche en el club 58, en la calle de Glacis-de-Rive. Al regreso, el autocar cruzaba la frontera al crepúsculo, sin detenerse para el control aduanero.

En el verano de 1962, mi madre vino a Annecy de gira, para actuar en el Théâtre du Casino en *Écoutez bien, messieurs* de Sacha Guitry, con Jean Marchat y Michel Flamme, un rubio «guapito» con bañador de leopardo. Nos invitaba a refrescos en el bar del Sporting. Un paseo dominical con Claude por el césped de Le Paquier, cuando ya se habían acabado las vacaciones. Ya era otoño. Pasábamos delante de la prefectura, donde trabajaba una amiga suya. Annecy volvía a ser una ciudad de provincias. En Le Paquier nos cruzábamos con un armenio viejo, siempre solo, y Claude me contaba que era un comerciante muy rico y que les daba mucho dinero a las furcias y a los pobres. Y el coche gris de Jacky Gérin, con carrocería de Allemano, le da vueltas despacio al lago para toda la eternidad. Voy a seguir desgranando esos años sin nostalgia, pero con voz presurosa. No tengo la culpa de que las palabras se me apelotonen. Tengo que darme prisa o se me acabará el valor.

En septiembre, en París, ingreso en el liceo Henri-IV, en el curso preuniversitario de letras. Estoy interno aunque mis padres viven a pocos cientos de metros del liceo. Llevo interno seis años. Había conocido una disciplina más dura en los centros anteriores, pero nunca se me hizo un internado tan cuesta arriba como el del Henri-IV. Sobre todo a la hora en que veía a los externos salir a la calle por la portalada.

Ya no me acuerdo gran cosa de mis compañeros de internado. Creo recordar que tres chicos oriundos de Sarreguemines estaban preparando el ingreso en la Escuela Normal Superior. Se les unía con frecuencia un martiniqués de mi clase. Otro alumno estaba siempre fumando en pipa y llevaba un guardapolvos gris, y zapatillas de paño. Se decía que llevaba tres años sin salir del recinto del liceo. Me acuerdo también remotamente de mi vecino de dormitorio, un pelirrojo menudo a quien vislumbré, de lejos, dos o tres años más tarde, en el bulevar de Saint-Michel, con uniforme de recluta, bajo la lluvia... Tras apagar las luces, un vigilante nocturno recorría los dormitorios con un farol en la mano y comprobaba que todas las camas estaban ocupadas. Estábamos en otoño de 1962, pero también en el siglo XIX y quizá en una época aún más remota.

Mi padre vino a verme a este centro sólo una vez. El director del liceo me dio permiso para esperarlo en la entrada. Aquel director tenía un nombre bonito: Adonis Delfosse. La silueta de mi padre, en la portalada, pero no le veo el rostro, como si su presencia en aquel decorado de convento del medievo me pareciera irreal. La silueta de un hombre de elevada estatura, sin cabeza. No sé ya si había sala de visitas. Creo que nuestra entrevista se celebró en el primer piso, en una sala que era la biblioteca, o la sala de festejos. Estábamos solos, sentados ante una mesa, uno frente al otro. Lo acompañé hasta la salida del liceo. Se alejó por la plaza de Le Panthéon. Un día, me había contado que él también, a los dieciocho años, solía andar por el barrio de Les Écoles. Tenía justo el dinero suficiente para tomar, a modo de almuerzo, un café con leche con unos croissants en el Dupont-Latin. En aquellos tiempos tenía una sombra en un pulmón. Cierro los ojos y me lo imagino, bulevar de Saint-Michel arriba, entre los alumnos de los liceos, tan formales, y los estudiantes de Action française. El Barrio Latino suyo era más bien el de Violette Nozière. Seguramente, se la había cruzado más de una vez por el bulevar. Violette, «la guapa estudiante del liceo Fénelon que criaba murciélagos en el pupitre».

Mi padre se ha vuelto a casar con la Mylène Demongeot de imitación. Viven en el cuarto piso, encima del de mi madre. Los dos pisos eran una única vivienda cuando mi padre y mi madre vivían juntos. En 1962, los dos pisos no están separados aún. Tras una puerta condenada, sigue existiendo la escalera interior que mi padre mandó construir en 1947, cuando alquiló el tercer piso. La Mylène Demongeot de imitación no quiere que yo sea externo y siga teniendo tratos con mi padre. Tras dos meses de internado, recibo la siguiente carta de mi padre: «ALBERT RODOLPHE MODIANO, MUELLE DE CONTI, 15, París VI. Has subido esta mañana a las nueve y cuarto para comunicarme que habías decidido no regresar al liceo hasta que yo rectificase en mi decisión de que sigas interno. A eso de las doce y media me has vuelto a confirmar lo ya dicho. Ese comportamiento tuyo es incalificable. Si te imaginas que es con esos procedimientos de chantajista de poca monta como vas a conseguir que ceda, te estás haciendo muchas ilusiones. Así que te aconsejo vehementemente por tu bien que vuelvas mañana y le presentes a tu director una nota de justificación de ausencia, alegando una gripe. Debo advertirte de la forma más categórica que si no lo haces, lo lamentarás. Tienes 17 años, eres menor, soy tu padre y tengo la responsabilidad de tus estudios. Pienso ir a ver al director de tu centro. Albert Modiano.»

Mi madre no tiene ni dinero ni ningún contrato teatral en ese otoño de 1962. Y mi padre amenaza con no hacerse cargo de mi manutención si no regreso al dormitorio del internado.

Cuando lo pienso hoy en día, me parece que yo no le salía caro: el modesto coste del internado. Pero me acuerdo de haberlo visto a finales de los cincuenta completamente «pelado», tanto que me pedía prestados los mil francos antiguos que me mandaba a veces mi abuelo de Bélgica, quitándoselos de su jubilación de obrero. Me sentía más próximo a él que a mis padres.

Sigo en «huelga» de internado. Una tarde, a mi madre y a mí no nos queda un céntimo. Estamos paseando por los jardines de las Tullerías. Como último recurso, decide pedirle ayuda a su amiga Suzanne Flon. Vamos a pie a casa de Suzanne Flon porque no tenemos ni calderilla para sacar dos billetes de metro. Nos recibe en su piso de la avenida de Georges-V de terrazas superpuestas. Parece que estamos en un barco. Nos quedamos a cenar. Mi madre, con tono melodramático, le expone nuestras «desdichas», de pie, bien plantada y con ademanes teatrales y perentorios. Suzanne Flon escucha bondadosamente, consternada con esa situación. Piensa escribirle una carta a mi padre. Le da dinero a mi madre.

En los meses siguientes, mi padre tiene que resignarse a que yo deje definitivamente los dormitorios de internado en los que ando metido desde los once años. Queda conmigo en cafés. Y rumia los agravios que tiene contra mi madre y contra mí. No consigo crear una intimidad entre nosotros. En todas esas ocasiones, no me queda más remedio que mendigarle un billete de cincuenta francos, que acaba por darme de muy mala gana y que le llevo a mi madre. A veces llego sin nada y mi madre monta en cólera. No tardé en esforzarme –alrededor de los dieciocho años y en los años siguientes– por traerle por mis propios medios esos malditos billetes de cincuenta francos, que llevan la efigie de Jean Racine, pero sin conseguir desactivar esa agresividad y esa falta de benignidad que me había mostrado siempre. Nunca pude hacerle confidencias ni pedirle ayuda alguna. A veces, como un perro sin pedigrí y muy dejado de la mano de Dios, siento la pueril tentación de escribir negro sobre blanco y con todo detalle cuánto me hizo padecer con su dureza y su inconsecuencia. Me callo. Y se lo perdono. Todo queda tan lejos ya... Me acuerdo de haber copiado, en el internado, la frase de Léon Bloy: «Hay en el mísero corazón del hombre lugares que no existen aún y en donde se cuela el dolor para que así existan.» Pero éste era un dolor para nada, de esos con los que ni siquiera se puede hacer un poema.

La inopia habría debido unirnos. Un año –1963– hay que «volver a enganchar» el gas en el piso. Hay que hacer reformas. Mi madre no tiene dinero ni yo tampoco. Cocinamos en un infiernillo de alcohol. En invierno, no encendemos nunca la calefacción. Esa penuria se ensañó con nosotros durante mucho tiempo. Una tarde de enero de 1970 estamos tan a la cuarta pregunta que me lleva a rastras al Monte de Piedad de la calle de Pierre-Charron, en donde dejo una estilográfica de oro con plumín de diamante que me había entregado Maurice Chevalier cuando me concedieron un premio literario. Sólo me dan por ella doscientos francos, que mi madre se guarda en el bolsillo con mirada dura.

Todos esos años pasamos por «la angustia del vencimiento del alquiler». Los alquileres de aquellos pisos antiguos, ya destartalados antes de la guerra, no eran muy elevados por entonces. Luego subieron, a partir de 1966, a medida que iban cambiando el barrio, los comercios y el vecindario. Que no me guarde rencor el lector por entrar en estos detalles, pero me causaron unas cuantas preocupaciones que pasaban pronto, porque creía en los milagros y me sumía en sueños de fortuna a lo Balzac.

Tras esas citas deprimentes con mi padre, no volvemos nunca juntos a casa. Él vuelve primero y yo, según las instrucciones que me da, tengo que esperar un rato, dando vueltas a la manzana. Le oculta nuestras citas a la Mylène Demongeot de imitación. Normalmente, lo veo a solas. Un día comemos con el marqués Philippe de D. y el almuerzo se reparte entre dos restaurantes, uno en el muelle del Louvre y otro en el muelle de Les Grands-Augustins. Mi padre me explica que Philippe de D. suele almorzar en varios restaurantes a la vez, donde cita a personas diferentes... Toma el entrante en uno, un plato en otro y vuelve a cambiar de restaurante para el postre.

El día en que vamos siguiendo a Philippe de D. del muelle del Louvre al muelle de Les Grands-Augustins, lleva algo así como un chaquetón militar. Asegura que perteneció a la escuadrilla Normandía-Niémen durante la guerra. Mi padre va con frecuencia a pasar el fin de semana a casa de D., a su castillo en Loire-Atlantique. Participa incluso en cacerías de patos, cosa que no es precisamente lo que se le da mejor. Me acuerdo de aquellos pocos días de 1959 que pasamos en Sologne, en casa de Paul Bertholle, con su mujer y el conde de Nalèche, y en donde tuve miedo de que mi padre me abandonase y aquellos asesinos me forzasen a participar en su partida de caza. Igual que «tenía negocios» con Paul Bertholle, «tiene negocios» con Philippe de D. Según mi padre, D. en su juventud fue un niño bien y un calavera e, incluso, estuvo en la cárcel. Más adelante me enseñará una foto, recortada de un número viejo de *Détective*, donde sale esposado. Pero D. acaba de cobrar una herencia cuantiosa de su abuela (de soltera De W.) y supongo que mi padre lo necesita como inversor. Lleva, efectivamente, desde finales de la década de los cincuenta, persiguiendo un sueño: el de volver a comprar las acciones de unas explotaciones en Colombia. Y seguro que cuenta con que Philippe de D. le eche una mano para llevar a cabo el proyecto.

D. se casará con una campeona de carreras automovilísticas y morirá arruinado: dirigirá primero una sala de fiestas en Hammamet y trabajará, luego, en un taller de automóviles en Burdeos. Mi padre seguirá aún unos cuantos años fiel al sueño colombiano. En 1976, un amigo me hará llegar una ficha en la que pueden leerse las siguientes indicaciones: «Compañía financiera Mocupia. Sede social: París (IX), calle de Bergère, 22. Tel: 770.76.94. Sociedad anónima francesa. Consejo de administración y directivos: presidente y director general: Albert Rodolphe Modiano. Miembros del consejo de administración: Charles Ruschewey, Léon-Michel Tesson... Sociedad Kaffir Trust (Raoul Melenotte).»

Pude identificar a los miembros de ese consejo de administración. Al primero, Tesson, cuando recibí, por equivocación, en lugar de mi padre, en septiembre de 1972, este telegrama de Tánger: 1194 TÁNGER 34601 URGENTE PAGAR ALQUILER BERGÈRE – STOP – MI SECRETARIA INMOVILIZADA – STOP CONTESTAR URGENTE TESSON. El tal Tesson era un financiero de Tánger. En cuanto a Melenotte, de la Kaffir Trust, había pertenecido a la administración internacional de la zona franca.

Y luego, durante los años 1963-1964, conozco, al acompañar a mi padre, a un tercer hombre del consejo de administración: Charles Ruschewey. Mi padre, para que desconfíe de unos estudios demasiado «literarios», me pone como ejemplo de fracasado a ese Charles Ruschewey, que estuvo matriculado en el liceo Louis-le-Grand preparando el ingreso en la Escuela Normal Superior, condiscípulo de Roger Vailland y de Robert Brasillach, y que no hizo en la vida nada que mereciera la pena. Físicamente, algo así como un granuja suizo, aficionado a la cerveza, un canónigo de paisano, con gafas con montura de acero y boca fofa, que iba en secreto a «los meaderos» de Ginebra. Divorciado, cincuenta años, vive con una mujer más joven que él, regordeta y de pelo corto, en una habitación sin ventanas de una planta baja del distrito XVI. Se nota que está dispuesto a aceptar lo que le echen. Mi padre debe de usarlo de factótum y de «alcahuete», lo que no le impide darme lecciones de ética con voz docta de Tartufo. En 1976, me cruzaré con él en la escalera del muelle de Conti, avejentado y con pinta de vagabundo, el rostro tumefacto y una bolsa de la compra colgada de un brazo de sonámbulo. Y me daré cuenta de que vive en el cuarto piso, de donde acaba de marcharse mi padre para irse a Suiza y que no tiene ni un mal mueble; la calefacción, el agua y la luz están cortados. Vegeta allí, con su mujer, en plan okupa. Y ella lo manda a hacer los recados, unas cuantas latas de conserva seguramente. Se ha vuelto una arpía: la oigo vociferar siempre que el desdichado vuelve a casa. Supongo que ya no puede contar con sus dietas de asistencia al consejo de administración de Mocupia. En 1976, recibiré por equivocación un informe de esa compañía financiera, según el cual «se le han dado instrucciones al abogado de nuestra sociedad en Bogotá para que entable el procedimiento de indemnización ante la jurisdicción colombiana. Les comunicamos, a título indicativo, que el señor Albert Modiano, su presidente y director general, pertenece al consejo de administración de la sociedad South American Timber y representa a nuestra sociedad en esta filial». Pero la vida es dura e injusta y acaba con los sueños más hermosos: el presidente y director general nunca cobrará indemnización alguna de Bogotá.

Navidad de 1962. No sé ya si nevó de verdad en aquellas Navidades. En cualquier caso, en mis recuerdos veo caer la nieve, en gruesos copos, en la carretera y las cuadras. Me habían acogido Josée y Henri B. en el criadero de caballos de Saint-Lô. Josée, la joven que me cuidó entre los once y los catorce años porque mi madre no estaba. Henri, su marido, trabajaba de veterinario en el criadero. Eran mi único recurso.

En los años siguientes volveré bastantes veces a su casa, en Saint-Lô. Esa ciudad, a la que llamaban la «capital de las ruinas», fue arrasada por las bombas del desembarco y muchos supervivientes perdieron el rastro y las pruebas de su identidad. Hubo que reconstruir Saint-Lô hasta los años cincuenta. Cerca del criadero, queda aún una zona de barracones provisionales. Iba al café du Balcon y a la biblioteca municipal. Henri me llevaba a las casas de labor de los alrededores, en donde atendía a los animales incluso por la noche, si lo llamaban. Y por la noche, precisamente, al pensar en todos esos caballos que montaban guardia a mi alrededor o dormían en sus cuadras, me aliviaba saber que a ellos al menos no los llevaban al matadero como a aquella hilera que vi una mañana en la puerta de Brancion.

En Saint-Lô hice unas cuantas amigas. Una vivía en la central eléctrica. Otra, a los dieciocho años, quería irse a París y matricularse en el Conservatorio. Me contaba sus proyectos en un café próximo a la estación. En provincias, en Annecy, en Saint-Lô, era aún la época en la que todos los sueños y todos los paseos nocturnos encallaban delante de la estación de la que salía el tren para París.

Leí *Ilusiones perdidas* esa Navidad de 1962. Me alojaba siempre en la misma habitación del último piso de la casa. La ventana daba a la carretera. Me acuerdo de que todos los domingos a las doce de la noche un argelino iba por esa carretera rumbo a los barracones hablando bajito consigo mismo. Y esta noche, cuando ya han pasado cuarenta años, Saint-Lô me trae a la memoria la ventana encendida de *La cortina carmesí*, como si se me hubiera olvidado apagar la luz de mi antiguo cuarto o de mi juventud. Barbey d'Aurevilly había nacido por las inmediaciones. Yo había visitado su casa.

1963. 1964. Los años se confunden. Días de lentitud, días de lluvia... No obstante, a veces disfrutaba de un estado irreal en el que me evadía de tanta grisura, una mezcla de embriaguez y somnolencia, como cuando caminamos por la calle en primavera después de una noche en vela.

1964. Conozco a una chica que se llama Catherine en un café del bulevar de La Gare y tiene el encanto y el acento parisinos de Arletty. Recuerdo la primavera de aquel año. Las frondas de los castaños a lo largo del metro elevado. El bulevar de La Gare, cuyas casas bajas no habían derribado aún.

Mi madre tenía un papelito, en el teatro L'Ambigu, en una obra de François Billetdoux:

Comment va le monde, môssieu? Il tourne, môs-sieu... Ursula Kübler, la mujer de Boris Vian, figuraba también en el reparto. Iba al volante de un Morgan rojo. Fui a veces a casa de ella y su amigo Hot d'Déé, en la colonia Véron. Me hizo una demostración de cómo bailaba con Boris Vian la danza del oso. Me emocionó ver toda la colección de discos de Boris Vian.

En julio, busco refugio en Saint-Lô. Tardes vacías. Voy asiduamente a la biblioteca municipal y me cruzo con una mujer rubia. Está de vacaciones en una quinta en los altos de Trouville, con niños y perros. Durante la Ocupación, con catorce años, estaba becada en la Casa de Educación de la Legión de Honor de Saint-Denis. La colegiala de los antiguos internados. Mi madre me escribe: «Si estás bien ahí, sería más práctico que te quedaras cuanto más tiempo mejor. Yo vivo con muy poco y así podría acabar de pagar lo que debo en las Galeries Lafayette.»

En septiembre, en Saint-Lô, otra carta de mi madre: «No creo que tengamos calefacción este invierno, pero ya nos apañaremos. Así que voy a pedirte, muchacho, que me mandes todo el dinero que te quede.» Por aquel entonces yo me ganaba hasta cierto punto la vida como corredor de libros. Y, en otra carta, una nota de esperanza: «El invierno que viene será seguramente menos duro que el pasado...»

Me llama mi padre por teléfono. Me ha matriculado, sin consultarme, en el curso superior de letras del liceo Michel-Montaigne de Burdeos. Según él, le corresponde «dirigir mis estudios». Me cita para el día siguiente en la cantina de la estación de Caen. Tomamos el primer tren para París. En Saint-Lazare nos está esperando la Mylène Demongeot de imitación y nos lleva en coche a la estación de Austerlitz. Me doy cuenta de que es ella quien ha exigido que me destierren lejos de París. Mi padre me pide que le regale a la Mylène Demongeot de imitación, en prenda de reconciliación, una sortija con una amatista que llevo y que me había regalado, en recuerdo suyo, mi amiga «la colegiala de los antiguos internados». Me niego a darle esa sortija.

En la estación de Austerlitz, mi padre y yo subimos al tren de Burdeos. No llevo equipaje, como si me estuvieran raptando. He aceptado irme con él con la esperanza de hacerle entrar en razón por el camino; es la primera vez, desde hace dos años, que pasamos juntos un rato más largo que el de las citas furtivas en los cafés.

Llegamos a Burdeos por la noche. Mi padre coge una habitación para los dos en el Hotel Splendide. Los días siguientes vamos a los comercios de la calle de Sainte-Catherine para preparar mi equipo de interno, cuya lista ha remitido a mi padre el liceo Michel-Montaigne. Intento convencerlo de que todo eso no vale para nada, pero no da su brazo a torcer.

Una noche, delante del Grand Théâtre de Burdeos, echo a correr para que me pierda la pista. Luego me compadezco de él. De nuevo intento hacerle entrar en razón. ¿Por qué está siempre intentando librarse de mí? ¿No sería más sencillo que me quedase en París? Ya no tengo edad para que me encierren en internados... Se niega a escucharme. Entonces, finjo que cedo. Vamos al cine, como en tiempos pasados... El domingo a última hora de la tarde, cuando comienza el curso, me acompaña en taxi hasta el liceo Michel-Montaigne. Me da ciento cincuenta francos y me hace firmar un recibo. ¿Para qué? Se queda en el taxi esperando a que entre por la portalada del liceo. Subo al dormitorio con la maleta. Otros internos me llaman novato y me obligan a leer un texto en griego. Entonces decido escaparme. Salgo del liceo con la maleta y me voy a cenar al restaurante Dubern, en Les Allées de Tourny, adonde me había llevado mi padre los días anteriores. Luego cojo un taxi hasta la estación de Saint-Jean. Y un expreso para París. No me queda ya nada de los ciento cincuenta francos. Lamento no haber visto más cosas de Burdeos, la ciudad de *Los caminos del mar*. Y que no me haya dado tiempo de oler el aroma a pino y resina. Al día siguiente, en París, me encuentro con mi padre en la escalera de casa. Se queda pasmado por esa reaparición. Estaremos mucho tiempo sin dirigirnos la palabra.

Y pasan los días, y los meses. Y las estaciones. A veces, me gustaría dar marcha atrás y volver a vivir todos esos años mejor de lo que los viví. Pero ¿cómo?

Ahora iba por la calle de Championnet a esa hora de final de la tarde en que el sol pega en los ojos. Me pasaba el día en Montmartre, sumido en algo así como un sueño despierto. Me sentía allí mejor que en cualquier otra parte. Estación de metro de Lamarck-Caulaincourt con el ascensor que sube y el San Cristóbal a medio trayecto de las escaleras. El café del Hotel Terass. Momentos breves, era feliz. Citas a las siete de la tarde en Le Rêve. La barandilla helada de la calle de Berthe. Y siempre corto de resuello.

El jueves 8 de abril de 1965, si me fío de una agenda vieja, mi madre y yo no tenemos ya ni un céntimo. Me exige que vaya a llamar a casa de mi padre para pedirle dinero. Subo por la escalera, consternado. No pienso llamar, pero mi madre está al acecho, amenazadora, en el descansillo, con mirada y barbilla trágicas y echando espuma por la boca. Llamo. Mi padre me da con la puerta en las narices. Vuelvo a llamar. La Mylène Demongeot de imitación se pone a vociferar que va a llamar a la policía. Me vuelvo al tercer piso. La policía viene a buscarme. Mi padre los acompaña. Nos hacen subir a los dos al furgón que está parado ante el edificio mientras el portero lo mira asombrado. Vamos sentados en el asiento corrido, uno al lado del otro. No me dirige la palabra. Por primera vez en la vida, estoy en un furgón de la policía y ha querido el azar que sea junto a mi padre. Él ya tuvo esa experiencia en febrero de 1942 y durante el invierno de 1943,

106

cuando lo trincaron los inspectores franceses de la policía de las Cuestiones Judías.

El furgón va por la calle de Les Saints-Pères y el bulevar de Saint-Germain. Se detiene en el semáforo que está delante de Les Deux Magots. Llegamos a la comisaría de la calle de L'Abbaye. Mi padre exagera mis cargos ante el comisario. Dice que soy un «gamberro» y que acabo de «organizar un escándalo» en su casa. El comisario me dice que «la próxima vez» me detendrá. Noto que a mi padre le resultaría de gran alivio abandonarme para siempre en esa comisaría. Volvemos juntos al muelle de Conti. Le pregunto por qué ha consentido que la Mylène Demongeot de imitación llamara a la policía y por qué ha exagerado los cargos ante el comisario. No dice nada.

Ese mismo año, 1965, o el siguiente, mi padre manda derribar la escalera interior que unía los dos pisos, y las viviendas quedan ya realmente separadas. Cuando abro la puerta y me hallo en la habitacioncita llena de cascotes, allí están nuestros libros de la infancia, así como postales dirigidas a mi hermano y que se habían quedado en el cuarto piso, entre los cascotes, rotas en mil pedazos. Mayo, junio. Montmartre siempre. Hacía bueno. Yo estaba en la terraza de un café de la calle de Les Abbesses, en primavera.

Julio. Tren expreso, de pie en el pasillo. Viena. Paso unas cuantas noches en un hotel de mala muerte cerca de la estación del Oeste. Luego hallo refugio en una habitación, detrás de la iglesia de San Carlos. Conozco a personas de todo tipo en el café Hawelka. Una noche celebro con ellas mis veinte años.

Tomamos baños de sol en los jardines de Potzleinsdorf y también en una barraca en el centro de un jardín obrero por la zona de Heiligenstadt. En el café Rabe, un local lúgubre cerca del Graben, no había nadie y sonaban canciones de Piaf. Y seguía esa leve embriaguez, mezclada con somnolencia, en las calles del verano, como después de una noche en vela.

A veces íbamos hasta las fronteras checa y húngara. Un campo extenso. Unas torretas de vigilancia. Si te metías en el campo, te disparaban.

Me voy de Viena a primeros de septiembre. *Sag'beim abschied leise «Servus»*, como dice la canción. Una frase de nuestro Joseph Roth me recuerda Viena, que hace cuarenta años que no he vuelto a ver. ¿Volveré a verla alguna vez? «Esos atardeceres fugaces, medrosos, había que darse prisa en apoderarse de ellos antes de que desaparecieran y me gustaba por encima de todo sorprenderlos en los parques, en el Volksgarten, en el Prater, adueñarse de su último fulgor, el más dulce, en un café, en donde se colaba aún, tenue y leve como un perfume...»

Expreso, en segunda, en la estación del Oeste, Viena-Ginebra. Llego a Ginebra a media tarde. Cojo el autocar para Annecy. En Annecy ya es de noche. Llueve a cántaros. No me queda un céntimo. Cojo una habitación en el Hotel d'Angleterre, en la calle Royale, sin saber cómo voy a pagar. No reconozco Annecy, que, esa noche, es una ciudad fantasma bajo la lluvia. Han derribado el hotel antiguo y los edificios vetustos de la plaza de La Gare. Al día siguiente, me encuentro con unos cuantos amigos. Muchos se han ido ya a la mili. Por la noche, me parece verlos pasar bajo la lluvia, de uniforme. Me quedan aún cincuenta francos. Pero el Hotel d'Angleterre es caro. Durante esos pocos días, fui al internado Saint-Joseph de Thônes a ver a mi antiguo profesor de letras, el padre Accambray. Le había escrito desde Viena para preguntarle si habría posibilidad de darme trabajo de vigilante de alumnos o profesor auxiliar durante el siguiente año escolar. Creo que estaba intentando evadirme de París y de mis pobres padres, que no me aportaban el menor apoyo moral y me ponían entre la espada y la pared. He vuelto a encontrar dos cartas del padre Accambray. «Mucho me gustaría que ese encuentro contigo fuera con un profesor de la casa. Le he hablado de ello al superior. El claustro está al completo, pero es posible que haya algún cambio antes de finales del mes de agosto, cosa que deseo para que puedas ser de los nuestros.» En la siguiente, fechada el 7 de septiembre de 1965, me escribe: «El horario de clases, que he estado haciendo estos días, revela con claridad, por desgracia, que contamos con personal más que suficiente para el año escolar 1965-66. Es imposible darte trabajo, ni siquiera de media jornada...»

Pero la vida seguía, sin que uno supiera muy bien por qué estaba en tal o cual momento con determinadas personas, en vez de estar con otras, en tal sitio en vez de en tal otro, y si la película era en versión original o estaba doblada. Sólo me quedan hoy en día en la memoria breves secuencias. Me matriculo en la facultad de letras para tener prórroga en el servicio militar. Nunca asistiré a clase y seré un estudiante fantasma. Jean Normand (alias Jean Duval) vive desde hace unos meses, en el muelle de Conti, en la habitacioncita donde estaba antes la escalera que unía el tercer piso con el cuarto. Trabaja en una agencia inmobiliaria, pero tiene prohibida la residencia en París. De eso me enteraré más adelante. Mi madre lo conoció allá por 1955. Normand tenía veintisiete años y acababa de salir de la cárcel por una serie de robos con fractura. El azar había hecho que cometiera muy joven algunos de esos robos en compañía de Suzanne Bouquerau, esa misma en cuya casa vivíamos mi hermano y yo en Jouy-en-Josas. Volvió luego a la cárcel, ya que en 1959 estaba otra vez en el penal central de Poissy. Ha mandado hacer obras de primera necesidad en el piso destartalado y estoy seguro de que le da dinero a mi madre. Me gusta mucho ese Normand (alias Duval). Una noche deja discretamente encima de la chimenea de mi cuarto un billete de cien francos, que descubro cuando ya se ha ido. Va en Jaguar y al año siguiente me enteraré, en los periódicos, cuando el asunto Ben Barka, de que lo apodan «el tipo alto del Jaguar».

Un incidente, en 1965 o 1966: son las diez de la noche y estoy solo en casa. Oigo ruidos de pasos muy recios arriba, en casa de mi padre, y un estruendo de muebles volcados y cristales rotos. Luego, silencio. Abro la puerta de la escalera. Dos cachas con pinta de esbirros o de pasma de paisano bajan corriendo la escalera desde el cuarto piso. Les pregunto qué pasa. Uno de ellos me hace un gesto imperativo con la mano y me dice, muy seco: «Métase en casa, por favor.» Oigo pasos en casa de mi padre. Así que no había salido... Dudo en llamarlo por teléfono, pero no nos hemos vuelto a ver desde que estuvimos en Burdeos y estoy seguro de que me va a colgar. Dos años después le pediré que me cuente qué había pasado aquella noche. Y hará como que no sabe de qué le estoy hablando. Creo que era un hombre que habría desanimado a diez jueces de instrucción.

Aquel otoño de 1965 iba con frecuencia, las noches en que tenía unos cuantos billetes de cinco francos con la efigie de Victor Hugo, a un restaurante que estaba cerca del teatro de Lutèce. Y hallaba refugio en una habitación de la avenida de Félix-Faure, en el distrito XV, en donde un amigo almacenaba una colección de *Paris-Turf* de los últimos diez años que usaba para hacer misteriosos cálculos estadísticos para jugar en Auteuil y en Longchamp. Quimeras. Recuerdo que, pese a todo, hallaba un horizonte en ese barrio de Grenelle, merced a las callecitas trazadas a escuadra con sus vistas del Sena. A veces cogía taxis ya muy entrada la noche. La carrera costaba cinco francos. En las lindes del distrito XV había frecuentemente controles de policía. Yo falsifiqué la fecha de nacimiento del pasaporte para ser mayor de edad, convirtiendo 1945 en 1943.

Raymond Queneau tenía la amabilidad de recibirme los sábados. Muchas veces, a primera hora de la tarde, íbamos los dos de Neuilly a los barrios de la orilla izquierda. Me hablaba de un paseo que dio con Boris Vian hasta un callejón sin salida que casi nadie conoce, en lo más recóndito del distrito XIII, entre el muelle de La Gare y las vías de Austerlitz: la calle de La Croix-Jarry. Me aconsejaba que fuera a verla. He leído que los momentos en que Queneau se sentía más

113

feliz era cuando se paseaba por las tardes porque tenía que escribir artículos sobre París para *L'Intransigeant*. Me pregunto si esos años muertos que rememoro aquí valen el trabajo de recordarlos. Como Queneau, sólo era yo mismo de verdad cuando estaba solo, por las calles, buscando los perros de Asnières. Tenía dos perros en aquella época. Se llamaban Jacques y Paul. En Jouy-en-Josas, en 1952, teníamos mi hermano y yo una perra que se llamaba Peggy y una tarde la pilló un coche en la calle del Docteur-Kurzenne. A Queneau le gustaban mucho los perros.

Me había hablado de un western en el que salía una pelea sin cuartel entre unos indios y unos vascos. La presencia de los vascos lo intrigó mucho y le hizo mucha gracia. Acabé por descubrir de qué película se trataba: *El desfiladero de la muerte*. La sinopsis lo dice claramente: indios contra vascos. Me gustaría ver esa película, en recuerdo de Queneau, en un cine que hubieran olvidado derribar, en lo más recóndito de un barrio perdido. La risa de Queneau. Mitad géiser y mitad carraca. Pero no se me dan bien las metáforas. Era, sencillamente, la risa de Queneau.

1966. Una noche de enero, Jean Normand

vuelve a eso de las once al muelle de Conti. Estamos los dos solos en casa. Tenemos la radio puesta. Informan del suicidio de Figon en un apartamento de la calle de Les Renaudes cuando los policías estaban derribando la puerta de su cuarto. Era uno de los protagonistas del asunto Ben Barka. Normand se pone pálido y hace una llamada de teléfono para echarle la bronca a alguien. Cuelga enseguida. Me explica que Figon y él han estado cenando juntos hace una hora y que eran viejos amigos, desde los tiempos del colegio Sainte-Barbe. No me dice que estuvieron juntos en los años cincuenta en el penal central de Poissy, como más adelante supe.

Y van sucediéndose acontecimientos mínimos que le resbalan a uno sin dejarle demasiadas huellas. Uno tiene la impresión de que todavía no puede vivir su vida de verdad y de que es un pasajero clandestino. Me vuelve el recuerdo de algunos retazos de esa vida de contrabando. Por Pascua me topé con un artículo de una revista en el que hablaban de Jean Normand y del asunto Ben Barka. El artículo se titulaba: «¿Qué están esperando para interrogar a este hombre?» Una foto grande de Normand con el siguiente pie:

«Tiene la cara esculpida a hachazos y retocada con martillo pilón. Se llama Normand y se hace llamar Duval. Figon lo llamaba "el alto del Jaguar". Ese mismo Georges Figon a quien Normand, alias Duval, conocía hacía mucho...»

Aquella primavera yo buscaba refugio a veces en casa de Marjane L., en la calle de Le Regard. Su piso era el punto de cita de una pandilla de individuos que navegaban sin brújula entre Saint-Germain-des-Prés, Montparnasse y Bélgica. Algunos, tocados ya de psicodelismo, hacían escala en su casa entre dos viajes a Ibiza. Pero en la calle de Le Regard también podía uno cruzarse con un tal Pierre Duvelz (o Duveltz): rubio, treinta y cinco años, bigote y traje príncipe de Gales. Hablaba francés con acento distinguido e internacional, lucía en la solapa de la chaqueta condecoraciones militares, aseguraba que había estudiado para oficial en la escuela de Saint-Maixent y se había casado con «una Guiness»; telefoneaba a embajadas; con frecuencia, lo acompañaba un individuo con cara de retrasado mental que besaba por donde pisaba y se jactaba de tener una relación amorosa con una iraní.

Otras sombras; y, entre ellas, un tal Gérard

Marciano. Y muchísimos más, de quienes me he olvidado y que, desde aquellos tiempos, han debido de morirse ya de muerte violenta.

En aquella primavera de 1966, en París, noté un cambio del ambiente, una variación en el clima que ya había notado, a los trece años, en 1958, y, luego, cuando acabó la guerra de Argelia. Pero en esta ocasión no había ocurrido en Francia ningún acontecimiento importante, ningún punto de ruptura; y, si ocurrió, lo he olvidado. Por lo demás, sería incapaz, para mayor vergüenza mía, de decir qué estaba pasando en el mundo en abril de 1966. Estábamos saliendo de un túnel, pero no sé de qué túnel. Y esta bocanada de aire fresco no la habíamos sentido en las anteriores estaciones. ¿Era acaso la ilusión de los que tienen veinte años y creen, una generación tras otra, que el mundo empieza con ellos? Aquella primavera el aire me pareció más liviano.

Como consecuencia del asunto Ben Barka, Jean Normand ya no vive en el muelle de Conti y ha desaparecido misteriosamente. Por mayo o junio, me cita la brigada antidroga para que comparezca ante un tal inspector Langlais. Se pasa tres horas seguidas interrogándome en uno de los despachos, entre el ir y venir de los demás polis, y escribe a máquina lo que le contesto. Para mayor asombro mío, dice que alguien me ha denunciado como toxicómano y camello y me enseña una foto antropométrica de Gérard Marciano, con quien me he cruzado una o dos veces en la calle de Le Regard. Por lo visto, mi nombre figura en su agenda. Digo que no lo conozco de nada. El inspector me pide que le enseñe los brazos para comprobar que no hay rastros de pinchazos. Me amenaza con registrar la casa del muelle de Conti y la habitación en la que buscaba refugio en la avenida de Félix-Faure, pero aparentemente no sabe nada de la calle de Le Regard, cosa que me extraña, puesto que el llamado Marciano, Gérard, iba por ese piso. Me deja libre y me avisa que es posible que me vuelvan a interrogar. Por desgracia, nunca le hacen a uno las preguntas adecuadas.

Pongo en guardia a Marjane L. contra la brigada antidroga y contra Gérard Marciano, que no ha vuelto a aparecer por allí. A Pierre Duvelz lo detienen poco después en una armería cuando está comprando o revendiendo un revólver. Duvelz era un timador y había contra él una orden de detención. Yo cometo una mala acción: robo la ropa de Duvelz, que se ha quedado en casa de Marjane L. y consta de varios trajes muy elegantes; y me llevo una caja de música antigua que es de los dueños del piso que tiene alquilado Marjane L. Me pongo de acuerdo con un prendero de la calle de Les-Jardins-Saint-Paul y se lo dejo todo por quinientos francos. Me cuenta que es de una familia de chatarreros de Clichy y que conoció mucho a Joinovici. Si tengo más cosas que colocar, basta con que le dé un telefonazo. Me paga cien francos de más, visiblemente enternecido por mi timidez. Al año siguiente, repararé esa mala acción. Con mis primeros derechos de autor reembolsaré la caja de música robada. De buena gana le habría comprado unos cuantos trajes a Duvelz, pero nunca más tuve noticias suyas.

Seamos del todo sinceros: mi madre y yo, en 1963, vendimos a un polaco a quien conocíamos y que trabajaba en el Marché aux Puces, los cuatro trajes casi nuevos, las camisas y los tres pares de zapatos con hormas de madera clara que se había dejado en un armario empotrado Robert Fly, el amigo de mi padre. Él también, igual que

Duvelz, llevaba trajes príncipe de Gales y desapareció de la noche a la mañana. Aquella tarde no teníamos ni un céntimo. Sólo la calderilla que me había dado el tendero del ultramarinos de la calle Dauphine al devolverle unos cascos. Era la época en que la baguette costaba cuarenta y cuatro céntimos. Más adelante, robé libros en casa de particulares o en bibliotecas. Los vendí, porque no tenía dinero. Un ejemplar de la edición príncipe, de Grasset, de *Por el camino de Swann*, una edición original de Artaud dedicada a Malraux, novelas con dedicatorias de Montherlant, cartas de Céline; un *Tableau de la maison militaire du roi* publicado en 1819, una edición clandestina de *Mujeres* y *Hombres* de Verlaine, decenas de tomos de la colección de La Pléiade y obras sobre arte... En cuanto empecé a escribir, nunca volví a robar nada. También mi madre, pese a su habitual altanería, birlaba a veces algunos artículos «de lujo» y de marroquinería en las secciones de La Belle Jardinière o en otras tiendas. Nunca la pillaron con las manos en la masa.

Pero el tiempo apremia; se acerca el verano de 1966 y, con él, eso que llaman la mayoría de edad. Me refugio en la zona del bulevar Kellermann y ando con frecuencia por la vecina Ciudad Universitaria, sus amplios prados de césped, sus restaurantes, su cafetería, su cine, y me trato con sus moradores. Amigos marroquíes, argelinos, yugoslavos, cubanos, egipcios, turcos...

En junio, mi padre y yo nos reconciliamos. Lo veo con frecuencia en el vestíbulo de Hotel Lutétia. Me doy cuenta de que no tiene buenas intenciones en lo que a mí se refiere. Intenta convencerme para que me vaya a la mili ya. Me dice que él en persona se encargará de preparar mi incorporación al cuartel de Reuilly. Finjo que cedo para sacarle algo de dinero, sólo lo preciso para pasar mis últimas vacaciones «de paisano». A un futuro militar no se le niega nada. Está convencido de que pronto me verá alistado. Tendré veintiún años y se habrá librado ya definitivamente de mí. Me da trescientos francos, el único «dinero para mis gastos» que me dio en la vida. Estoy tan contento de esta «prima» que de buena gana le habría prometido alistarme en la Legión. Y pienso en esa misteriosa fatalidad que lo mueve siempre a alejarme: los internados, Burdeos, la comisaría, el ejército...

Largarme lo antes posible, antes de los cuarteles de otoño. El 1 de julio por la mañana temprano, estación de Lyon. Tren de segunda, hasta los topes. Es el primer día de vacaciones. Casi todo el rato voy de pie en el pasillo. Casi diez horas para llegar al Sur. El autocar va por la orilla del mar. Les Issambres. Sainte-Maxime. Impresión fugaz de libertad y aventura. Entre los puntos de referencia de mi vida, los veranos siempre contarán, aunque al final acaben por confundirse entre sí porque son el sur eterno.

Alquilo una habitación en la placita de La Garde-Freinet. Allí, en la terraza del café restaurante, a la sombra, empecé una tarde mi primera novela. Enfrente, la oficina de correos sólo abría dos horas diarias en ese pueblo de sol y de sueño. Una noche de aquel verano cumplí veintiún años y al día siguiente tenía que coger el tren para volver a París.

En París, me escondo. Agosto. Por la noche voy al cine Fontainebleau, en la avenida de Italie, y al restaurante La Cascade, en la avenida de Reille... Le he dado un número a mi padre, Gobelins 71-91. Me llama a las nueve de la mañana y pongo el despertador, porque duermo hasta las dos de la tarde. Sigo escribiendo mi novela. Veo a mi padre por última vez en el café y heladería de la esquina de la calle de Babylone y el bulevar de Raspail. Luego hay aquel intercambio de cartas: «ALBERT RODOLPHE MODIANO, MUELLE DE CONTI, 15, París VI, 3 de agosto de 1966. Querido Patrick: en caso de que decidieses hacer lo que te parezca y no atender mis decisiones, la situación sería la siguiente: tienes 21 años y, por lo tanto, eres mayor de edad. No soy ya responsable de ti. En consecuencia, no podrás esperar de mí ayuda alguna ni apoyo de ninguna clase, ni en lo material ni en lo espiritual. Las decisiones que he tomado en lo que a ti se refiere son sencillas. Las aceptas o no las aceptas. No hay discusión posible. Renuncias a la prórroga antes del 10 de agosto para incorporarte al ejército el próximo mes de noviembre. Habíamos quedado en ir el miércoles por la mañana al cuartel de Reuilly para que renunciaras a la prórroga. Teníamos que encontrarnos allí a las doce y media. Te esperé hasta la una y cuarto y, siguiendo con tu habitual comportamiento de muchacho hipócrita y mal educado, no viniste a la cita y ni siquiera te tomaste la molestia de llamar por teléfono para disculparte. Puedo decirte que es la última vez que vas a tener la oportunidad de mostrarte así de cobarde conmigo. Así que puedes elegir entre vivir como quieras y renunciar por completo y de forma definitiva a mi apoyo o atenerte a mis decisiones. Tú decides. Puedo asegurarte, con total certidumbre, que, elijas lo que elijas, la vida te enseñará una vez más cuánta razón tenía tu padre. Albert MODIANO. P.D.: Añado que he reunido especialmente a los miembros de mi familia, a quienes he informado y que me aprueban por completo.» Pero ¿qué familia? ¿Esa que alquilan por una noche en *Le Rendez-vous de Senlis?*

«París, 4 de agosto de 1966. Mi querido señor: Ya sabe que en el siglo pasado los "sargentos de enganche" emborrachaban a sus víctimas y las obligaban a firmar el alistamiento. La premura con que quería usted arrastrarme hasta el cuartel de Reuilly me recordaba ese procedimiento. El servicio militar le brinda una ocasión excelente para librarse de mí. Ese "apoyo espiritual" que me prometió la semana pasada, ya se encargarían de él los cabos. En cuanto al "apoyo material", sería superfluo, puesto que el cuartel me brindaría techo y sustento. En pocas palabras, he decidido hacer lo que me parezca y no atender sus decisiones. Mi situación será la siguiente: tengo 21 años y, por lo tanto, soy mayor de edad. No es usted ya responsable de mí. En consecuencia, no podré esperar de usted ayuda alguna ni apoyo de ninguna clase, ni en lo material ni en lo espiritual.»

Es una carta que lamento hoy haberle escrito. Pero ¿qué otra cosa podía hacer? No le guardaba rencor y, además, nunca se lo guardé. Sencillamente, me daba miedo verme preso en un cuartel del este de Francia. Si me hubiera conocido diez años después –como decía Mireille Ourousov– no habríamos tenido ya el menor roce. Le habría encantado que le hablase de literatura y yo le habría hecho preguntas acerca de sus proyectos de altas finanzas y de su pasado misterioso. Así es que, en otra vida, vamos del brazo, sin ocultarle ya nunca a nadie nuestras citas.

«ALBERT RODOLPHE MODIANO, MUELLE DE CONTI, 15, París VI, 9 de agosto de 1966. He recibido tu carta del 4 de agosto, dirigida no a tu padre sino a un "querido señor" con el que no me queda más remedio que identificarme. Tu mala fe y tu hipocresía no tienen límites. Estamos presenciando la segunda parte del asunto de Burdeos. La decisión de que te incorporases al ejército en el próximo mes de noviembre no la tomé a la ligera. Me parecía indispensable no sólo que cambiaras de ambiente, sino que vivieras con unos requisitos de disciplina y no de forma fantasiosa. Tu tono de burla es repugnante. Queda constancia de tu decisión. ALBERT MODIANO.» Nunca más lo volví a ver.

Otoño en París. Sigo escribiendo mi novela por las noches, en una habitación de los grandes bloques de edificios del bulevar de Kellermann y en los dos cafés que hay al final de la calle de L'Amiral-Mouchez.

Una noche, y me pregunto el porqué, aparezco, con más personas, en la otra orilla del Sena, en casa de Georges y Kiki Daragane; Kiki, por quien a los catorce años y medio me escapé del internado... Por entonces vivía en Bruselas y mi madre la hospedaba en el muelle de Conti. Ahora, la rodean unos cuantos autores de ciencia ficción de Saint-Germain-des-Prés y unos cuantos artistas del grupo Pánico. Seguro que la cortejan y que ella les concede sus favores bajo la mirada apacible de su marido, Georges Daraga-

126

ne, un industrial bruselense, un auténtico pilar del Flore, en donde se queda atornillado a un asiento de nueve de la mañana a doce de la noche, sin duda para recuperar todos los años perdidos en Bélgica... Hablo con Kiki del pasado y de aquella época ya lejana de mi adolescencia en que, según me cuenta, mi padre se la llevaba por las noches a «Charlot, el rey del marisco»... Conserva un recuerdo enternecido de mi padre. Era un hombre encantador antes de conocer a la Mylène Demongeot de imitación. Nathalie, la azafata a la que conoció en 1950 en un vuelo París-Brazzaville, me contará más adelante que, en los días de inopia, mi padre no la llevaba a cenar a Charlot, rey del marisco, sino a Roger, rey de las patatas fritas... Les propongo tímidamente a Georges Daragane y a Kiki darles mi manuscrito para que lo lean, como si en vez de estar en su casa estuviera en el salón de los señores de Caillavet.

Es posible que todas esas personas con las que me crucé durante los años sesenta y a las que nunca se me ha vuelto a presentar la oportunidad de ver, sigan viviendo en algo así como un mundo paralelo, al amparo del tiempo, con sus rostros de antaño. Lo pensaba hace un rato, andando por la calle desierta, bajo el sol. Estoy en París, en el juez de instrucción, como decía Apollinaire en su poema. Y el juez me enseña fotos, documentos, piezas de convicción. Y, no obstante, mi vida no era exactamente eso.

Primavera de 1967. El césped de la Ciudad Universitaria. El parque Montsouris. A las doce, los obreros de la Snecma iban al café que estaba en los bajos del edificio. La plaza de Les Peupliers, aquella tarde de junio en que supe que habían aceptado mi primer libro. El edificio de la Snecma, de noche, como un paquebote encallado en el bulevar de Kellermann.

Una noche de junio, en el Théâtre de l'Atelier de la plaza de Dancourt. Una curiosa obra de Audiberti: *Cœur à cuir*. Roger trabajaba de regidor en el Atelier. La noche de la boda de Roger y Chantal cené con ellos en un piso pequeño que era de alguien cuyo nombre nunca he conseguido recordar, en esa misma plaza de Dancourt en donde tiembla la luz de los faroles. Luego, se fueron en coche a un extrarradio remoto.

Aquella noche me sentí ligero por primera vez en la vida. La amenaza que pesaba sobre mí

todos aquellos años y me obligaba a estar conti-
nuamente en guardia se había disuelto en el aire
de París. Había zarpado antes de que se derrum-
bara el pontón podrido. Por poco.

Impreso en Talleres Gráficos
LIBERDÚPLEX, S.L.U.
Pol. Ind. Torrentfondo
Ctra. Gelida BV-2249 Km. 7,4
08791 Sant Llorenç d'Hortons (Barcelona)